KB267699

나를 지은
아홉 개의
집

나를 지은
아홉 개의
집

이규빈 에세이

나를 지은 아홉 개의 집

"아빠는 집을 설계하는 사람이야."

막 다섯 살이 된 아이는 아빠의 직업을 제법 정확히 알고 있다. 나는 건축가*다. 즉, 집을 설계하는 게 직업인 사람이다. 그러나 내가 설계하는 집은 늘 남의 집이다. 물론 건축가이기 이전에 한 사람으로서 나 역시 집에서 산다. 그럼에도 남의 집을 고민하느라, 미처 나의 집에 대해서는 깊이 생각해본 적조차 없었다.

<hr>

* 대한민국 현행법에 의한 나의 정식 자격명은 '건축가'가 아닌 '건축사(Registered Architect)'다. 다만 이 책에서는 건축사 업무 대상으로서의 건축보다는, 독자와 같은 일반인 입장에서의 건축을 서술하고자 하는 뜻에서 넓은 의미로 '건축가'라는 표현을 사용했음을 밝혀둔다.

건축가의 집은 어떤 모습일까? 건축가라고 해서 모두 특별한 집에 사는 것만은 아니다. 직접 설계한 작품 같은 집에 사는 건축가도 있지만 평범한 아파트나 주택에 사는 이들도 많다. 결국 집의 선택에는 건축의 취향보다는 부동산 가격이 더 크게 작용해서일지도 모르겠다. 하지만 남들에게 똑같아 보이는 집이라도 건축가의 눈에는 조금 다르게 보이기도 한다. 집은 그저 물리적 공간이 아니라 그곳에 담긴 삶의 단편들이 모여 만들어진 총체적 집합체 같은 것이기 때문이다.

나는 살아오며 아홉 개의 집을 거쳤다. 단독주택, 연립주택, 빌라, 임대아파트, 셰어하우스, 반지하 원룸, 구축아파트, 신축아파트… 하나같이 우리 주변에서 흔히 볼 수 있는 익숙한 집들이었다. 누가 설계했는지 알 필요조차 없는, 어쩌면 잠시 거쳐 가는 정도에 불과한 지극히 평범한 공간들. 하지만 그런 집들도 저마다 설계한 건축가가 있었고, 시대의 변화가 담겼으며, 살았던 사람들의 흔적이 알알이 박혀 있었다.

과거의 집들은 현재의 건축가인 나에게 중요한 참조점이 되기도 했다. 단독주택의 마당에서는 비워진 공간의 쓸

모를 배웠고, 빌라의 필로티 주차장에서는 자동차가 바꾼 골목의 풍경을 경험했다. 반지하 원룸 침대에서는 한 줌 빛이 주는 위로와 그 부재의 답답함을 절감했고, 셰어하우스의 거실에서는 공간을 통해 삶을 나누는 지혜와 풍요로움을 익혔다. 구축 아파트의 복도에서는 모여 사는 불편함을 느꼈고, 신축 아파트의 텃밭에서는 도시에서 흙을 만지는 즐거움을 배웠다.

사람은 집 없이 살 수 없다. 그래서 집은 마치 공공재나 생필품처럼 사회적으로 공급해야 하는 대상으로만 여겨지기도 한다. 하지만 집은 우리 삶을 담아내는 가장 사적인 무대다. 우리가 무심코 지나치는 평범한 집들도 저마다의 사연과 흔적을 품고 있다. 뿐만 아니라 집은 그 자체로 시대의 얼굴이기도 하다. 내게 집은 개인적인 공간이기도 했지만 도시와 건축이 남긴 흔적을 읽는 장소가 되어 주었다.

그래서 단독주택에서 빌라로, 반지하 원룸에서 셰어하우스로, 구축 아파트에서 신축 아파트로 이어지는 나의 삶의 변화는 그저 공간의 차이만이 아니었다. 주택 정책과 경제적 변화가 집의 모습을 바꿔놓았고, 동시에 우리가 집을 바라보는 시선 또한 달라지게 만들었다. 이런 흐름의 한가운데를 지나온 나의 경험은 한 사람의 기억을 넘어 이 시대의 건축과 도시를 이해하는 열쇠가 된다.

이 책은 내가 살아온 아홉 개의 집에 대한 기록이다. 그 집들은 내가 머물렀던 장소이자 나를 형성한 틀이었다. 각 집이 품었던 삶의 풍경, 그리고 그 공간이 남긴 흔적들을 되짚으며 나는 집이라는 공간이 우리 삶에서 무엇을 의미하는지를 탐구해보려 한다.

당신은 어떤 집에서 살았고, 어떤 집이 당신을 지었는가? 이 책이 그 질문에 답을 찾는 여정을 함께하는 출발점이 되기를 바란다.

그 시절 내 모습이 그리워질 때

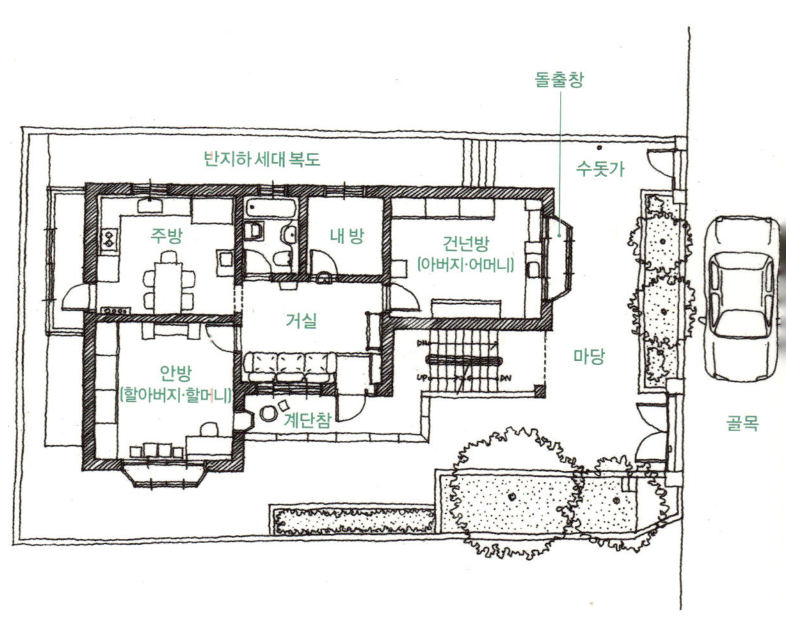

돌출창
반지하 세대 복도
수돗가
주방
내방
건넌방
(아버지·어머니)
거실
안방
(할아버지·할머니)
마당
계단참
골목
DN
UP
DN
0
1
2

아파트 대신 집장사 집을

"그때 아파트를 샀어야 하는 건데."

어머니는 지금도 입버릇처럼 말씀하시곤 한다. 내가 태어
나기 한 해 전인 1987년의 일이다. 맞선 자리에서 아버지
를 처음 만난 어머니는 데이트 세 번 만에 결혼을 결심하
셨다고 했다. 신혼집은 서울에 있는 시부모님 댁이었다.
빛바랜 사진 몇 장이 전부인 그 집은 화강석 외벽에 연탄
을 때는 국민주택*이었다. 어머니는 그 집에서 나를 가지
셨다. 나는 큰할아버지의 큰아버지의 큰아들, 장손이 될

* 1970년대 주택보급을 목적으로 대한주택공사(현 한국토지주택공사)에서 대규
  모로 공급한 표준화 주택이다.

귀한 몸이었다. 할아버지는 곧 태어날 손주를 위해 선물을 준비하기로 결심하셨다. 다름 아닌 새 집이었다.

선택지는 두 개였다. 기존 집을 허물고 그 자리에 단독주택을 짓는 것과 당시 분양이 한창이던 '아파트'에 들어가는 것이었다. 지금 생각하면 누구라도 후자를 선택하지 않았을까 싶다. 하지만 그때까지만 해도 주변엔 아파트에 사는 사람이 드물었다. 결국 할아버지는 지금 집을 허물고 그 자리에 새 집을 짓기로 마음을 굳혔다. 반대 의견은 어머니가 유일했지만 끝내 받아들여지지 않았다.

아파트 대신 선택한 집은 일명 '집장사 집'이었다. 당시 서울 전역에서 많이 지어지던 상품화된 단독주택˚이다. 공사비는 평당 100만 원, 설계비는 따로 없었다. 할아버지는 막 지어진 옆집 공사업자를 찾아가 계약을 했다. 며칠만에 한 층이 25평, 지상 2층 지하 1층으로 전체 75평 규모의 계획안이 뚝딱 나왔다. 보통은 집주인이 2층에 살고 나머지는 세를 줬다. 우리 가족은 무릎이 안 좋은 할머

˚ 한 사람이 소유하고 세를 주는 형태의 다가구주택으로 건축법상 단독주택에 해당된다.

니 의견을 반영하여 1층을 쓰기로 결정했다.

그 당시 집장사 집은 대개 비슷한 외형을 하고 있었다. 외벽은 붉은 벽돌이고, 처마나 창틀 주위만 시멘트 몰탈을 발라 하얗게 마감했다. 외부로 돌출된 화강석 계단에는 목조를 모방한 난간대와 마름모꼴 구멍이 뚫린 난간판이 붙어 있었다. 창문은 암녹색 혹은 암갈색의 알루미늄 단창 새시를 썼고, 현관문에는 꼭 요철이 있는 무늬유리를 댔다. 거실에는 벽과 천장에 요란한 나무 장식을 붙여 멋을 냈으며, 방에는 단열이 안 되는 돌출창이 있어 겨울마다 성에를 긁어내야 했다. 옥상 바깥쪽으로 빙 둘러 붙인 형형색색의 시멘트기와는 한옥의 전통을 잇는 마지막 자존심 같은 것이었다.

올림픽으로 온 나라가 들썩이던 그해 가을, 내가 태어났고 이듬해 공사도 시작됐다. 우리 가족은 근처에 임시로 집을 얻어 지냈다. 어머니는 돌도 지나지 않은 나를 업고 매일같이 현장을 오가셨다. 빙글빙글 돌아가는 모빌 대신 레미콘 믹서를 보며 낮잠을 청해야 했다. 그럼에도 시끄러운 소리에 울거나 눈 깜짝하는 일 한번 없었다고 했다. 공사 막판엔 내가 가면 인부들이 먼저 나와 깍듯이 인사를 할 정도였단다. 어쩌면 나의 생애 첫 건축현장이었던 셈이다.

그때까지도 동네에는 아파트가 거의 없었다. 중학교에 올라가서야 아파트 사는 친구들을 처음 만났을 정도였다. 대학교에 들어갈 즈음에는 상황이 좀 달라졌다. 수업 중 교수님께서 아파트에 한 번도 살아보지 않은 사람은 손을 들어보랬더니 나 혼자였다. 아파트 대신 단독주택을 택한 할아버지 덕분에 어느새 나의 어린 시절은 조금 특별한 경험이 되어버렸다.

이제 대한민국 국민 절반은 아파트에 산다. 그럼에도 윤수일의 노랫말처럼 '별빛이 흐르는 다리를 건너 아름다운 갈대숲을 지나' 마주하는 아파트는 여전히 많은 사람들의 꿈이다. 당시 분양가 수천만 원이던 아파트들은 그사이 수십억 원이 됐다. 어머니의 말씀처럼 그때 아파트를 샀어야 했을까. 그랬다면 우린 더 행복했을까.

<hr>

* 2024년 인구주택 총조사에 따르면 국민의 53.9% 주거형태가 아파트다.

한국적 노스탤지어의 공간

마당

'마당 깊은 집', '마당 있는 집', '마당 넓은 집', '마당 있는
집에서 잘 살고 있습니다'… 집을 주제로 하는 책의 제목
에는 마당이 단골 소재로 자주 등장한다. 어쩌면 그건
부동산 가격, 학군, 상권, 인프라 등 집을 선택하는 수많
은 이유에도 불구하고 우리 마음속 한구석에 마당에 대
한 동경이 남아 있기 때문일지도 모른다.

한 설문조사[*]에 의하면 우리나라 사람들은 현실적으로
살기 좋은 주택 유형으로는 '아파트'를 꼽으면서도, 가장
이상적인 주거 형태로는 '전원주택'을 선호하는 것으로

[*] 엠브레인트렌드모니터, 「전원주택에 대한 인식조사」, 2013. 3.

그 시절 내 모습이 그리워질 때

나타났다. 전원주택에 살고 싶은 이유 중 2위를 차지한 건 '마당'이었다. 그만큼 우리나라 사람들의 마당에 대한 애정은 각별하다.

마당의 어원은 '맏'+'앙'으로 풀이되기도 한다. 집에 있는 '장소(앙)'들 중 '으뜸(맏)'이라는 뜻이다. 비어 있는 공간을 으뜸으로 치게 된 데에는 목조를 기반으로 하는 한국 전통 건축의 특수성에 기인한다. 기둥 위로 공포와 보, 도리 순으로 커지는 무거운 지붕을 짊어져야 하니, 땅이 넓어도 집의 크기를 무한정 늘릴 수가 없었다. 그 까닭에 얇고 긴 형태가 된 실내 공간이 비켜선 자리, 그 중심에 놓이게 된 건 건물이 아닌 마당이었다.

자연을 축소해 재현하는 중국의 원림이나, 수경석을 놓아 비유적 풍경을 조성하는 일본의 정원과 달리, 한국의 마당은 마사토나 흙을 깔았을 뿐 식물을 심거나 돌 하나 놓는 것조차 금기시되었다. 그렇게 비워진 마당을 채우는 건 삶의 풍경이었다. 예로부터 마당에서는 결혼도 하고, 상도 치르고, 벼도 털고, 김장도 했다. 아무것도 없기에 역설적으로 무엇이든 채울 수 있는 공간이 바로 한국의 마당이다.

현대화된 도시의 집에서도 마당 중심의 공간 체계는 의외로 건재하다. 소위 nLDK*로 표현되는 주거 평면에서 마당을 대신하는 건 거실이다. 현관에 들어서면 복도를 마주하는 일본의 집이나, 포치Porch 같은 별도의 입구를 두는 서양식 집과 달리, 한국의 집은 대부분 현관문을 들어서면 너른 거실이 나온다. 거실을 통해야만 각 방과 기능 공간으로 진입하는 행태는 실외에서 실내로 바뀌었을 뿐, 대문채를 지나 마당을 통해 진입하는 전통 공간구조와 크게 다르지 않다. 최근 들어 더 이상 TV와 소파를 놓지 않게 된 거실이 서재나 작업실, 취미 공간으로 쉽게 바뀌어 쓰이는 것도 다양한 기능을 담을 수 있었던 마당의 본질과 닮아 있다.

첫 번째 집에도 대문을 지나면 작은 마당이 있었다. 다섯평 남짓한 공간에는 쇠흙손**으로 거칠게 마감된 시멘트포장과 한편으로 놓인 작은 수돗가가 전부였다. 건폐율에 의해 건물로 가득 채울 수 없으니 땅이 남았고, 자가용을 소유한 사람이 지금보다 적었으니 남는 공간은 자

* 방의 개수(n), 거실(Living), 식사공간(Dining), 부엌(Kitchen).
** 시멘트 몰탈 마감면을 금속제 흙손을 써서 매끄럽게 마감하는 방법.

연스럽게 비워졌다. 더러는 잔디를 깔거나 조경을 한 집들도 있었지만 대부분의 마당들은 말 그대로 목적 없는 공간이었다. 요즘 지어지는 주택의 잘 꾸며진 정원에 비하면 초라해 보일지도 모르지만, 그 쓰임을 돌이켜보면 마당이라는 이름을 붙이기에는 조금도 손색이 없었다.

대문과 현관문 사이, 도시와 집 사이의 마당은 목적에 따라 성격이 달라지는 회색지대 같은 공간이었다. 대문을 활짝 열어놓으면 마당은 쉽게 골목의 일부가 되었다. 그래서 숨바꼭질할 때면 으레 열린 대문으로 들어가 남의 집 마당까지도 숨어도 되는 게 불문율이었다. 그렇지만 대문을 닫고 현관문을 열어 실내와 연결하면 여름날에 돗자리를 깔고 삼겹살을 구워 먹어도 좋은, 영락없는 사적 공간이 되기도 했다.

아파트의 보급과 함께 마당은 사라졌다. 마당이 없는 집을 처음 생각한 건 스위스 태생의 건축가 르 코르뷔지에Le Corbusier였다. 그가 1924년 발표한 '빛나는 도시The Radiant City' 계획안은 파리 구시가를 재개발하는 도시 생활을 위한 새로운 모델이었다. 핵심은 저층 고밀의 집들을 타워형으로 집중시키는 것이었다. 그렇게 하면 같은 세대수에도 더 많은 지상면적이 확보되어 큰 공원과 도로를 만들 수 있다는 주장이었다. 한마디로 개인의 마당을 모아 모두의 공원을 만든다는 아이디어였다.

'빛나는 도시'는 결국 파리에서 실현되지 못하고 폐기되었다. 하지만 100년이 지난 지금, 한국의 아파트 단지는 신기할 만큼 그 계획안을 꼭 닮아 있다. 그리고 모든 것이 가능해진 아파트에서도 여전히 가질 수 없는 건, 그때도 지금도 마당이다.

노란장판에서 원목마루까지

'노란장판 감성'이라는 말이 있다. 한국 사회 특유의 한, 억울함, 신파 등의 감정을 다룬 영화나 소설들을 낡고 오래된 집에서 볼 수 있는 노란장판에 빗댄 것이다. 요즘 MZ세대들은 가난한 주인공이 나오는 작품을 일컬어 아예 '노란장판'이라는 장르로 분류하기도 한단다. 하지만 나처럼 노란장판을 실제로 경험했던 세대에게는 다소 억울한 표현이 아닐 수 없다. 장판은 원래부터 노란색이었으니까.

노란장판의 역사는 한옥으로 거슬러 올라간다. 그때는 장판이 아니라 장유지라고 해서 닥종이를 이어 붙이고 콩댐을 했다. 콩댐은 콩을 으깬 뒤 들기름을 섞어 바르는 기법이다. 닥종이는 기름을 잘 머금어 콩댐을 하면 방수 작용이 뛰어날 뿐 아니라 가죽처럼 단단하고 질겨졌다. 콩댐을 한 장유지는 기름의 색깔이 배어나와 특유의 노란빛을 띠었다. 종이라는 게 일상적인 재료이긴 했어도 유지보수를 위해 몇 년에 한 번씩 그 비싼 기름을 새로 발라줘야 했으니, 노란 장유지는 양반집에서나 볼 수 있는 고급 바닥재였다. 그마저도 아쉬운 서민들은 흙바닥 위에 짚으로 만든 멍석을 깔고 살았다.

1960~70년대 들어 석유공업의 발전과 함께 비닐장판이 등장했다. 값싸고 물에 젖지 않으며 시공도 간편한 재료였다. 한 번 깔아놓으면 이사 전까지는 별다른 유지보수랄 것도 필요 없었다. 발포재를 섞어 푹신한 촉감마저 느껴지는 비닐장판은 온돌 위에서 좌식 생활을 하는 한국 사람들에게 최적의 바닥재였다. 기능은 완벽했으나 다만 스타일이 필요했다. 그래서 장판은 장유지를 모방했다. 번거롭고 비싼 콩댐을 하지 않아도 노란장판을 깔면 장유지와 얼추 비슷하게 보였다. 양반들의 전유물을 누구나 손쉽게 누릴 수 있게 되었으니, 그야말로 선풍적인 인기를 끌었다. 그렇게 탄생한 것이 노란장판이다.

첫 번째 집의 바닥에도 노란장판이 깔려 있었다. 그 집을 떠올릴 때 가장 선명하게 기억나는 것도 바로 그 바닥이었다. 재미있는 건 장유지를 색깔만 모방한 것이 아니라는 점이다. 정사각형의 종이를 한 장씩 이어 붙이는 시공 방식 때문에 장유지는 겹쳐지는 부위가 바닥의 다른 부분보다 진한 색상으로 도드라져 보였다. 손가락 두 마디 정도 두께로 모서리가 겹쳐진 장유지 바닥은 그래서 커다란 격자무늬가 생기는 단점이 있었다.

롤 단위로 말아 생산하고 칼로 잘라 이음매 없이 붙이는 장판은 겹치지 않고도 매끈하고 넓은 표면을 만들 수 있어 기술적으로 우월했다. 그럼에도, 어쩐지 노란장판에는 장유지처럼 보이기 위한 격자무늬가 일부러 프린트된 것도 있었다. 그 시절 노란장판은 구질구질함보다는 오히려 상류사회에 대한 선망의 결과물에 더 가까웠다.

한옥의 바닥에는 종이 말고 나무도 쓰였다. 사실 나무는 습기와 열기에 취약해 바닥재로 쓰기에 썩 좋은 재료는 아니다. 바닥난방을 하는 한국의 주거 환경 특성상 천연 재료인 원목은 열기를 버티지 못하고 휘거나 터지기 일쑤였다. 다만 한옥의 대청마루와 툇마루는 불을 때는 바

 첫번째 집 · 단독주택

닥도 아니고, 아래위로 바람이 술술 통했으니 원목을 써도 아무런 문제가 없었다. 장유지를 완벽하게 모방하는 데 성공한 비닐장판은 빠르게 원목마루를 모방하기 시작했다. 자취를 감춘 노란장판을 대신해 요즘도 널리 쓰이는 원목무늬 장판이 그것이다. 원목의 색상과 질감까지 모방한 원목무늬 장판은 빠른 속도로 노란장판을 대체해나갔다.

요즘 많이 볼 수 있는 강마루나 강화마루도 원목을 모방한 바닥재다. 바탕재가 HDF*면 강화마루, 합판이면 강마루로 구분하지만, 표면의 무늬는 원목무늬 장판과 마찬가지로 합성 필름을 붙인 제품이다. 물론 천연 원목을 사용한 원목마루라는 고급 제품도 있지만, 이것도 표면에만 원목을 얇게 몇 mm 정도만 붙인 것이고 뒷면은 합판이다. 방식은 조금씩 달라도 모두 다 원목처럼 보이기 위해 탄생한 재료들이다.

노란장판에서 원목마루에 이르기까지 재료나 기술만 바

---

* High-Density Fiberboard, 나무를 고운 입자로 잘게 갈아서 접착제와 섞은 후, 이를 압착하여 만든 가공 목재판.

뀌었을 뿐, 원래부터 우리네 집에 있던 재료들이다. 세월
이 지나고 기술이 발전해도 삶의 취향이라는 건 생각보
다 잘 바뀌지 않는 모양이다. 우리는 그저 오래전부터 그
랬던 것처럼 발끝으로 나무의 결을 느끼고, 손끝으로 종
이의 촉감을 느끼며 잠을 청하고 싶었을 뿐이다.

종이 위에 새겨진 삶의 흔적

벽지는 콘크리트 벽 위에 종이를 붙이는 마감 방식으로, 한국 주택에서 너무나 익숙한 재료다. 중국에서는 주택의 벽을 타일로 마감하는 경우도 있고, 서양에서는 석회나 석고벽 위 페인트칠이 일반적이다. 한국에서는 전통적으로 한지를 사용해 벽과 천장을 마감했다. 가만히 생각해보면 종이는 내구성이 약하고 방수도 되지 않는다. 그럼에도 불구하고 종이가 한국의 실내 공간에서 오랫동안 사랑받아온 이유는 무엇일까. 이러한 전통은 한국인의 생활 방식과 깊은 연관이 있다.

서양의 주택은 신발을 신고 다니는 문화에 맞춰 단단하고 차가운 건축재료로 마감되었다. 반면, 한국은 바닥을

"

맨발로 밟고 눕는 좌식 생활문화가 발달했다. 이로 인해 벽과 바닥은 단순히 집의 구조를 이루는 재료가 아니라 몸에 직접 닿는 생활재료로써 기능했다. 한국인은 내구성보다 따뜻하고 친근한 감촉을 더 중요하게 여겼다. 종이가 벽지로 사용된 이유도 바로 이러한 맥락에서 이해할 수 있다. 오염되거나 싫증나면 떼어버리고 새로 붙이면 그만이니, 유지보수도 쉬웠다.

첫 번째 집의 벽지도 자주 떼었다 붙여졌다. 집주인이었던 우리 가족은 세입자가 들고 날 때마다 집을 정리하고 손보는 게 일상이었다. 할아버지는 고장난 배관을 고치거나, 깨지고 부서진 벽과 바닥에 시멘트 몰탈을 개어 바르셨다. 나는 할머니와 함께 도배를 맡았다. 할머니가 바닥에 앉아 도배풀을 벽지에 발라 올려주면, 내가 나무 의자 위에 올라가 그것을 벽에 붙였다. 할아버지를 닮아 손재주가 좋았던 나는 벽지를 곧고 반듯하게 붙이는 데 자신이 있었다. 새 도배지가 잘 붙은 멀끔한 벽면을 보는 것도 좋았지만, 그보다 더 흥미로운 건 낡은 벽지를 떼어내는 순간이었다.

벽지에는 기존 세입자의 삶의 흔적이 고스란히 배어 있

곤 했다. 커다란 붙박이 가구가 놓였던 자리는 벽지가 가
장자리만 누렇게 변색되어 있었고, 스위치나 손잡이 주변
에는 꼭 거뭇한 손때가 묻어 있었다. 아이가 살던 방에는
어김없이 벽 여기저기에 풍선껌 스티커가 붙어 있었다. 낡
은 벽지를 떼어내고 새로운 벽지를 붙이는 과정은 마치
오래된 옷을 벗기고 새 옷을 입히는 것과도 비슷했다.

과거 합지 벽지는 비교적 얇은 종이를 벽에 밀착해 붙이
는 방식이었다. 그러다보니 바탕이 되는 벽면의 요철이
벽지 위로 튀어나와 보였다. 이를 방지하기 위해 먼저 초
배지를 붙이기도 했지만, 아무리 고른 벽면일지라도 완
벽할 수는 없었다. 한 장씩 이어 붙이는 '겹침 시공'을 해
야 했기에 두꺼운 이음매도 도드라져 보였다. 이런 자국
들이 모여, 벽에는 수많은 벽지의 흔적들이 겹겹이 쌓인
마치 나무의 나이테 같은 무늬가 생겨나기도 했다.

시간이 지나며 벽지의 재질은 점점 두꺼워지고 고급화되
었다. 요즘 널리 쓰이는 실크벽지는 종이 표면에 PVC 코
팅을 덧댄 제품으로 내구성도 뛰어나고 오염에도 강하다.
두께도 있다보니 이음매 없이 매끈하게 이어 붙이는 것도
가능하다. 벽에 붙일 때도 일명 '봉투바름'이라고 해서 가

운데 부분을 벽에서 살짝 띄워 시공하는 방식이 일반적
인데, 이는 바탕 벽의 상태와 관계없이 매끈한 표면을 연
출할 수 있어 선호된다. 필요는 발명의 어머니라는 말처
럼, 벽지는 시대의 요구에 맞추어 계속 발전하고 있다.

건축가로 살아가는 지금도 리모델링 현장을 나갈 때면
오래된 벽지를 마주할 때가 있다. 나는 그때마다 그 벽지
가 지나온 시간을 잠깐씩 상상해보곤 한다. 세월이 흘러
도, 사람이 바뀌어도 벽지를 통해 전해지는 삶의 이야기
들은 지금도 어딘가에서 계속되고 있을 것이다.

기술의 발전이 허락한 낭만의 공간

'흰 도화지 위에 자신이 살고 싶은 집을 그려보세요.' 누구나 어린 시절 한 번쯤은 자기가 살고 싶은 집을 그려본 적이 있었을 것이다. 재미있는 건, 그림을 잘 그리든 못 그리든 약속이라도 한 듯 비슷한 모양의 집을 그린다는 사실이다. 박공지붕 아래 반듯한 모양의 단층집, 벽 한가운데 뚫린 창문에는 꼭 십자가 모양의 창살이 달려 있다. 사람에 따라 굴뚝을 추가하기도 하고 현관문을 달기도 하지만, 그럼에도 지붕만큼은 꼭 삼각형이다. 심지어 대부분 그런 모양의 집에 살지 않음에도 말이다.

삼각형 지붕의 원조는 18세기 로지에Marc-Antoine Laugier의 '원시 오두막The Primitive Hut'이라는 유명한 삽화다. 숲 속에 나무 기둥 네 개를 엮고 그 위에 나뭇가지로 삼각형 지붕을 만든, 오두막이라고 하기엔 다소 엉성한 형태의 집이다. 이는 건축의 기본적인 요소로서 기둥과 페디먼트˙ 등의 고전적 부재를 강조하기 위함이었지만, 일반적으로 최초의 건축이 수평적인 땅에 대응하여 수직적인 기둥을 세우고 상부에 삼각형 지붕을 얹어 공간을 한정하는 것에서 시작하였다는 의미로 해석되곤 한다. 다시 말해서 삼각형 지붕은 자연 속에서 인간의 집이라는 공간을 한정하는 가장 원초적인 요소라는 뜻이다.

집을 규정한다는 역할과는 별개로 그 모양이 삼각형인 것은 비나 눈을 막기 위한 기능적 측면이 강하게 작용했다. 비는 중력에 의해 하늘에서 내려 땅으로 스며들어야 하는 것이 자연의 이치다. 자연의 섭리를 거스르지 않으려면, 집은 하늘을 향해 쐐기 모양의 지붕을 두어 비의 흐름을 방해하지 않고 땅으로 자연스럽게 연결시켜야 한다. 동서고금을 막론하고 거의 모든 지붕들은 각도나 재료를 조금씩 달리했을 뿐, 하늘을 향해 좁아지는 동일한 형상을 하고 있는 것이 그 때문이다. 그래서 지붕은 원래

˙ 고전 건축의 지붕 전면 박공을 지칭하는 용어, 보통 삼각형 형태를 하고 있다.

삼각형인 게 맞다.

삼각형 지붕과 공존할 수 없는 것은 다름 아닌 옥상이다. 뾰족한 모양을 깎아 평평하게 만드는 건 그리 어렵지 않더라도, 하늘을 향해 움푹 파인 형태의 옥상은 쉽게 물이 고여 처치곤란이기 때문이다. 그래서 평지붕과 옥상이 등장한 건 인류 역사에서 제법 근래의 일이다. 지붕의 형태가 아닌 방수재나 배수시스템 같은 기술의 발전으로 물을 처리하는 방법들이 발전하며, 지붕은 비로소 평평해질 수 있었다. 청춘 드라마에서 흔히 보던 옥탑방의 달달한 로맨스 이면에는 대자연의 섭리를 극복하고 마침내 옥상이라는 공간을 얻어낸 인류의 처절한 사투가 있었던 셈이다.

첫 번째 집에도 옥상이 있었다. 우레탄 페인트조차 바르지 않은 맨 시멘트 바닥은 여름엔 물이 새고 겨울엔 쩍쩍 갈라졌지만, 그래도 제법 쓸모 있는 공간이었다. 봄 가을 날이 좋을 때면 그릇을 들고 오르내리는 불편함을 감수하고, 일주일에 한 번은 꼭 옥상에서 삼겹살을 구워 먹었다. 에어컨도 없던 무더운 여름날에는 돗자리만 덜렁 깔아놓고 옥상에서 온 가족이 잠을 청하기도 했다. 가끔 친구들이 한꺼번에 많이 놀러 올 때면 옥상으로 올라가 춤도 추고 노래도 부르며 놀았다. 평소엔 빨래를 너는 허드레 공간이지만 옥상은 때때로 식당으로, 침실로, 연습실로 기꺼이 쓰였다.

옥상 한편의 물탱크가 들어 있는 조그만 옥탑은 할아버지의 차지였다. 한 평이 채 안 되는 작은 공간에는 누울 수 있는 평상과 각종 공구며 잡동사니로 가득했다. 할아버지는 안방을 두고도 굳이 옥탑방에 올라와 라디오를 들으며 혼자만의 시간을 즐기곤 하셨다. 옥탑을 제외한 나머지 공간은 모두 할머니 차지였다. 계단 앞쪽으로는 직접 메주를 띄워 장을 담근 장독대가 가득했고, 텃밭에서는 계절마다 제철 채소를 열심히 길러내셨다. 옥탑 반대편에는 티브이 안테나를 고정하기 위한 작은 시멘트 받침대 같은 게 있었는데, 거긴 내 차지였다. 나는 종종 거기 서서 밤하늘의 별을 하염없이 바라보곤 했다. 돌이켜보면 우리 모두에게 옥상은 저마다의 낭만이 깃들었던 특별한 기억의 공간이었다.

지금 사는 아파트에도 옥상이 있다. 하지만 여럿이 함께 사는 아파트의 옥상은 모두의 것이지만 동시에 그 누구

 첫번째 집 · 단독주택

의 것도 될 수 없다. 그래서 늘 잠겨 있다. 흉흉한 뉴스들까지 들리며, 이제 옥상은 절대로 올라가면 안 되는 공간이 되어버렸다. 그렇지만 살다보면 가끔씩 옥상에 올라서서 하늘의 별을 보던 그 시절 내 모습이 그리워질 때가 있다. 요즘 꼬마들은 어디에서 별을 봐야 할까나.

함께 서 있어 남은 집

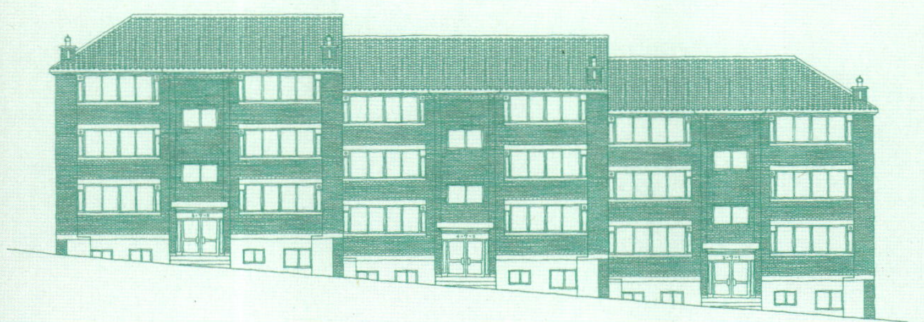

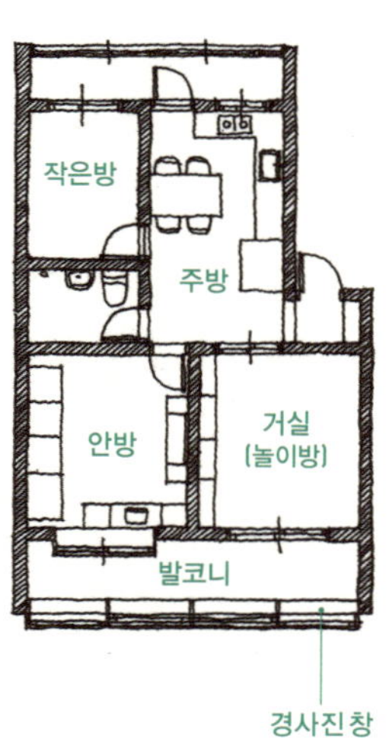

작은방
주방
안방
거실
(놀이방)
발코니
경사진창
N
0
1
2
5m

함께 서 있어 남은 집

연립주택

'사람은 땅의 기운을 받아야 산다'는 격언은 옛말이 된 지 오래다. 고층 아파트가 당연한 풍경이 되어버린 오늘날, 땅과 가까운 삶은 오히려 낯설게까지 느껴지니 말이다. 세계에서 여섯 번째로 높은 건물인 롯데월드타워에도 주거 용도가 섞여 있다는 사실은, 우리 시대가 얼마나 높은 곳에서 살아가고 있는지 단적으로 보여준다.

그렇다면 아파트는 법적으로 몇 층 이상부터일까? 답은 의외로 5층이다. 50층 넘는 아파트도 흔한 요즘 5개 층 이상이라는 기준은 어쩐지 시대에 뒤떨어진 듯한 느낌도 든다. 현행법상 공동주택 중에는 다가구 혹은 다세대 주택과 비슷한 규모지만 아파트처럼 단지를 이루는 것도 있다. 바로 연립주택이다. 4층 이하로, 한 동의 바닥면적이 다세대주택보다 큰 것을 일컫는 주거 유형이다. 아파트의 시대에 연립주택은 이제 보기 드문 집의 유형이 되었다.

유치원에 들어갈 무렵, 첫 번째 집을 나와 얼마간 조부모님과 떨어져 살게 됐다. 두 번째 집은 연립주택이었는데 첫 번째 집과 그리 멀지 않은 위치였고, 지어진 시기도 비슷했다. 산중턱에 위치한 단지로 10개 동, 200여 세대로 구성된 대규모 주택이었다. 주변이 대부분 단독이나 다가구 주택으로만 이루어진 탓에, 그리 높은 건물이 아니었음에도 두 번째 집은 늘 동네의 이정표 같은 존재였다.

각 동은 반지하를 포함해 4개 층으로 이루어졌고, 중앙 계단실을 중심으로 양옆에 두 세대가 붙어 있는 형태였다. 엘리베이터는 당연히 없었다. 외관은 적벽돌과 흰 칠을 한 시멘트 몰탈을 섞어 장식한 외벽과 지붕의 시멘트 기와까지, 첫 번째 집을 쏙 빼닮았다. 동과 동 사이의 내부 도로 역시 첫 번째 집의 골목과 비슷한 너비였다. 익숙한 풍경과 스케일 덕분이었는지 처음 경험하는 단지 생활에도 다행히 금방 적응할 수 있었다.

집 내부는 비교적 단순했다. 현관을 들어서면 곧바로 작은 주방과 연결된 식탁과 냉장고가 보였다. 남쪽을 향해 크기가 비슷해 구분이 어려운 두 개의 방이 나란히 있었는데, 여닫이 방문과 작은 창이 있는 쪽이 안방, 미서기 중문과 발코니로 통하는 큰 창이 있는 쪽이 거실이었다. 아직 어렸던 나와 동생은 주로 안방에서 부모님과 함께 자고 거실은 놀이방처럼 쓰였다. 부엌 너머 북쪽으로도 작은 방이 하나 있었는데, 무슨 용도로 쓰였는지 잘 기억이 나진 않는다.

내가 가장 좋아했던 장소는 발코니였다. 안방과 거실에 걸쳐 길게 이어진 공간은 명목상 외부여서, 방 쪽으로는 외벽 마감재인 적벽돌을 붙여 손으로 만질 수 있었다. 창호는 단열이 잘 안 되는 암갈색 새시였는데 겨울이면 성에가 두껍게 얼어붙었고, 창문을 열고 닫을 때마다 삐걱대는 소리가 났다. 창문 아래쪽이 역으로 경사져 있는 특이한 모양 덕에 난간도 그에 맞춰 살짝 휘어 있던 기억이 난다. 마치 첫 번째 집의 돌출창을 크게 확대해놓은 것만 같았다. 독특한 공간감 때문인지 나는 거기에 걸터앉거나 기대서 놀기를 좋아했다.

연립주택에서의 생활은 짧았지만, 그 집은 30년이 넘은 지금도 그 모습 그대로 남아 있다. 개별의 집이 아닌 함께 서 있는 집이었기에, 시대의 풍파를 이겨내고 그 자리를 지킬 수 있었던 것이었을까. 어느덧 훌쩍 커버린 내 모습과 달리 여전히 그 자리를 지키고 있는 두 번째 집의 모습은 지나간 시간 속에서도 묘한 위안을 준다.

필요에서 필수로

엘리베이터

엘리베이터를 타는 짧은 시간의 침묵은 모두에게 괴롭다. 좁고 폐쇄된 공간, 낯선 사람, 둘 곳 없는 시선. 겨우 몇십 초 내외의 짧은 시간에도 어쩔 수 없이 눈길이 스마트폰으로 향하게 되는 경험을 매일같이 하게 된다. 이탈리아의 진화생물학자 다리오 마에스트리피에리Dario Maestripieri는 그 이유를 인류의 조상인 영장류로부터 찾았다. 구석기시대 어두운 동굴 안에서 우연히 마주친 타인은 골칫거리로 인식되며, 불안한 상황을 극복하기 위한 행동들이 현대인에게도 일어난다는 것이다. 항상 닳아 있는 엘리베이터의 '닫힘' 버튼은 단순히 한국인들이 성격이 급해서만은 아닌, 이런 탈출의 전략에서 비롯된 것일지도 모른다.

둘 곳 없는 시선을 대신해 때로는 엘리베이터에 적힌 글자들을 읽는 사람도 있다. 혹시 'OTIS'라는 단어가 익숙하다면 당신도 그런 사람이다. 엘리베이터 제조사로 알려진 오티스는 사실 엘리베이터를 상용화한 발명가 엘리샤 오티스Elisha G. Otis의 이름에서 유래했다. 1853년, 그는 자신이 발명한 안전장치를 공개적으로 시연하기 위해 목숨을 건 쇼를 펼쳤다. 높은 플랫폼 위에 선 그는 도끼로 줄을 끊었고, 엘리베이터는 안전하게 멈췄다. 이 혁신적인 기술 덕분에 엘리베이터는 안전성에 대한 의심을 극복하며 도시의 수직 확장을 가능하게 했다. 엘리베이터의 발명은 현대 건축의 중요한 변곡점이었다.

두 번째 집은 연립주택의 꼭대기인 3층에 있었다. 반지하를 포함하면 실질적으로는 4층 가까운 높이였기에 엘리베이터가 없다는 점은 꽤나 불편했다. 어린 나에게는 계단을 오르는 일이 체력적으로 쉽지 않았고, 어머니께서 양손 가득 장이라도 보고 돌아오실 때면 힘겹게 계단을 오르시던 모습이 기억에 남는다. 1층에서 겨우 3층으로 높아졌을 뿐인데 의외로 매일 경험하는 높이의 차이는 컸다. 엘리베이터의 보편화로 층의 구분이 모호해진 요즘보다는 확실히 더 그랬다.

현행 건축법에 의하면 6층 이상으로서 연면적이 2천 제곱미터 이상인 건축물에는 엘리베이터 설치가 의무다. 다시 말해서 5층 이하 건물에는 엘리베이터를 설치하지 않아도 된다는 뜻이다. 그래서 오래된 저층 근린생활시설이나 공동주택에는 엘리베이터가 없는 곳이 많다. 하지만 최근에는 장애인 및 노약자 이동 편의를 보장하기 위해 일부 업종에서는 엘리베이터 설치가 필수가 되었고, 이를 지원하는 규정도 마련됐다.

요즘은 단독주택에도 엘리베이터를 설치하는 경우가 종종 있다. 대부분 연로한 부모님을 모시거나 휠체어의 접근성을 고려해서다. 재미있는 것은 현행법 체계에서 일정 면적 이상이거나, 수영장 또는 엘리베이터가 설치된 주택들은 '고급주택'으로 별도로 분류한다는 사실이다. 그중 엘리베이터는 휠체어도 들어갈 수 없는 작은 크기일지라도 설치만으로도 고급주택이 되어버려 세금이 더 많이 부과된다. 하지만 사람도 늙고, 건물도 늙어가는 요즘 한국 사회에 비추어 볼 때, 엘리베이터에 대한 법의 해석은 분명 다시 생각해볼 필요가 있어 보인다.

그런가 하면 얼마 전 엘리베이터와 관련한 건축법 시행

령도 새롭게 공포됐다. 건물 옥상에 장애인용 엘리베이터를 설치하기 위한 공간을 면적과 높이로 산정하지 않겠다는 내용이었다. 그동안은 엘리베이터가 실내 각층은 연결하더라도 옥상까지 서는 경우가 드물었다. 결국 개정의 취지는 건물의 모든 공간을 누구나 평등하게 이용할 수 있도록 만들겠다는 것이다. 이처럼 기술과 제도, 사회적 인식의 변화에 따라 엘리베이터의 역할은 계속해서 확장되고 있다.

엘리베이터가 없던 두 번째 집의 기억은, 오늘날 우리가 당연하게 누리는 이 편리함이 얼마나 중요하고 보편적이어야 하는지를 다시금 되새기게 한다. 우리에게는 이 도시의 모든 건축과 공간들을 평등하게 접근하고 누릴 수 있는 권리가 있다.

낮은 천장과 높은 변기의 사연

'문명은 화장실과 함께 시작되었다'라는 비교문화연구가 줄리 호란Julie L. Horan의 말처럼, 화장실은 단순히 불쾌한 것을 처리하는 공간을 넘어 우리의 삶의 방향을 바꾼 위대한 발명이었다. 16세기 영국의 존 해링턴 경에 의해 최초의 수세식 화장실이 고안된 이래, 화장실은 빠른 속도로 문명을 바꾸어 놓았을 뿐 아니라 건축의 발전에도 지대한 영향을 끼쳤다.

우리나라에 수세식 화장실이 처음 등장한 것은 덕수궁 석조전이었다. 고종 황제의 황실 건물로 사용된 석조전에는 영국식 수세식 변기가 설치되었다. 이후 일제강점기를 거치며 관공서나 호텔 등에 좌변기가 보급되었고, 한국

전쟁 이후 미군의 영향을 받아 점차 일반 가정에서도 사용되기 시작했다. 과거 일본에서는 1960년대 이전에 지어진 아파트나 학교에도 재래식 화장실이 있는 경우가 종종 있었다. 지금은 상상하기 어렵지만, 건축과 기술의 발전 속도가 다르게 진행되면서 탄생한 과도기적 풍경이었다.

두 번째 집의 화장실은 천장이 다른 방들에 비해 유난히 낮았던 기억이 있다. 사실 천장이 낮은 데는 기술적인 사연이 숨어 있다. 바닥에서 물을 쓰는 화장실의 특성상 바닥보다 아래, 즉 아랫집의 천장을 이용하여 배수 배관을 설치해야 했기 때문이다. 아랫집에서는 배관보다 더 아래에 천장을 만들어야 하니 다른 방보다 자연스럽게 낮아진 것이다. 요즘 지어지는 아파트들은 충분한 층고 덕분에 천장 높이 차가 잘 드러나지 않는다.

같은 동 반지하에는 화변기를 쓰는 공동 화장실도 있었다. 쪽방처럼 작게 쪼개진 여러 집이 계단참 아래에 있는 화장실을 함께 쓰는 방식이었다. 인상 깊었던 건 변기의 높이였다. 일반적으로 바닥에 설치되어 있어야 할 변기가 몇 계단 올라가 높은 곳에 위치했던 기억이 난다. 마치 영화 〈기생충〉에 등장하는 반지하집의 화장실처럼 말이다. 영화 속 집 안 어디에서도 잡히지 않던 와이파이가 계단 위 높이 올려진 변기 위에서야 잡히던 장면은 관객들에게 강한 인상을 남겼다. 높게 설치된 변기는 단순히 영화적인 연출이 아니라, 열악한 화장실 설계의 한계를 보여주는 상징적인 요소이기도 했다.

반지하집의 변기가 높은 것 또한 기술적인 사연이 있다. 도로보다 낮게 위치한 반지하의 화장실 바닥은 정화조가 묻힌 높이보다 낮기 때문에, 자연스럽게 오물을 흘려보내려면 변기를 그보다 높게 설치할 수밖에 없다. 펌프를 이용한다면 그럴 필요가 없겠지만, 비용을 아끼기 위해 중력의 힘을 빌린 것이다.

옛말에 '뒷간은 멀수록 좋다'고 했지만 요즘의 화장실들은 기술, 재료, 공간 모든 면에서 비약적인 발전을 했다. 이제 어린 시절 기억 속 재래식 화장실이나 공동 화장실을 마주할 일 또한 거의 없다. 화장실은 앞으로도 단순한 건축적 필요를 넘어 주거와 삶의 질을 가늠하는 지표로 계속해서 중요한 의미를 가질 것이다.

집과 도시가 공존하는 방법

도로명 주소가 전면 시행된 지 어느덧 10년도 넘었다. 기존 주소 체계의 불합리함을 개선하고자 도입된 제도였고, 분명 편리한 점도 있었다. 그렇지만 변화를 받아들이는 건 생각처럼 쉽지 않았다. 그건 서울의 동네 대부분이 계획된 도로를 따라 형성된 것이 아니라, 산과 하천 같은 지형을 중심으로 사람들이 모여 살며 만들어진 마을 구조이기 때문이다. 게다가 새로 붙여진 이름들은 자연지형이나 인문 환경에서 유래한 옛날 이름만큼 정이 가지 않았다. 그래서인지 나는 지금도 처음 보는 주소를 읽을 때면 습관적으로 도로명보다는 그 뒤 괄호에 병기된 동 이름에 눈이 먼저 가곤 한다.

주소 체계의 변화는 단순한 표기 방식의 문제를 넘어 사람들의 공간 인식에도 영향을 준다. 두 번째 집으로 이사하며 처음으로 숫자로 된 'O동 OOO호'라는 새로운 형태의 주소를 갖게 되었다. 똑같은 모습의 여러 동이 일렬로 늘어선 연립주택 단지에서는 이전 집들과는 다른 방식으로 길을 찾아야만 했다. 친구네 집에 놀러갈 때에도 지형지물을 익힐 필요 없이 숫자만 기억하면 그만이었다. 아파트에 사는 지금은 그저 익숙하지만, 당시에는 이런 방식이 너무도 생경했다.

'단지형 커뮤니티Gated Community'의 개념 또한 두 번째 집에서 처음으로 경험했다. 이전에 살던 집들은 골목길을 따라 자유롭게 드나들 수 있었고, 집 앞까지 온 친구들이 큰 소리로 나를 불러내 노는 것이 자연스러웠다. 하지만 단지는 달랐다. 단지로 들어가는 입구는 하나였고, 그곳에는 경비초소와 주차 차단기가 설치되어 있었다. 다른 길은 모두 축대와 담장으로 막혀 있었다. 단지 내부의 길은 평범한 도로처럼 보였지만, 누구나 그곳을 지나다닐 수 있는 건 아니었다.

일반적으로 단지형 커뮤니티의 폐쇄적 구조는 보안과 질

서라는 측면에서 분명히 장점이 있다. 외부인이 쉽게 접근할 수 없으니 범죄 예방 효과가 있고, 입주민들의 행동 역시 자연스럽게 규제되었다. 하지만 시간이 흐르며 문제점도 드러났다. 특히 저층 주거 밀집 지역에 대규모 재개발 단지들이 늘어나면서 주변 지역 주민들에게 불편을 주는 사례가 많아졌다. 거대한 단지가 도시를 가로막아 길을 돌아가야 하는 상황이 발생하거나, 단지를 중심으로 도시 구조가 재편되면서 기존의 지역 주민들이 배제되는 문제 또한 종종 발생했다.

'공공보행로Public Path'는 단지의 폐쇄성에 대한 해결책으로 제안된 개념이다. 단지 내부를 관통하는 길을 외부인이 통행할 수 있도록 내어주는 것이다. 요즘 단지들은 도시계획 단계에서부터 공공보행로의 위치와 폭까지 정해 놓기도 하지만, 정작 지어진 이후 제대로 관리되지 않는 경우도 많다. 최근 서울의 한 대규모 아파트 단지가 한강으로 통하는 공공보행로를 막아 외부인의 통행을 제한한 사례는 많은 논란을 일으켰다. 단지 내 보행로를 막는 행위는 개인 재산권 보호라는 명분 아래 이루어졌지만, 도시를 함께 소유하고 이용하는 한 시민의 입장에서는 안타까운 일일 수밖에 없다.

산중턱에 위치한 두 번째 집 단지 가장 안쪽에는 산 정상으로 이어지는 작은 등산로가 있었다. 입주민이 아닌 사람들이 자유롭게 오갈 수 있는 유일한 길이었다. 입주민들은 등산로를 이용하기 위해 단지를 오가는 등산객들을 불편하게 여기지 않았다. 등산객들 또한 이에 화답하듯 단지를 지날 때면 시끄럽게 떠들지 않았고, 신발과 옷에 묻은 흙먼지를 미리 털곤 했다. 법이나 제도에 의한 것은 아니었지만, 작은 단지 안에는 서로를 배려하는 불문율 같은 게 있었다.

단지는 분명 더 나은 삶을 위해 만들어졌지만, 도시는 단지만으로 이뤄질 수 없다. 두 번째 집이 도시를 향해 열어두었던 등산로의 작은 배려 속에서, 단지와 도시가 공존할 수 있는 작은 지혜를 떠올리곤 한다.

고급 주택의 이름을 가진 서민의 집

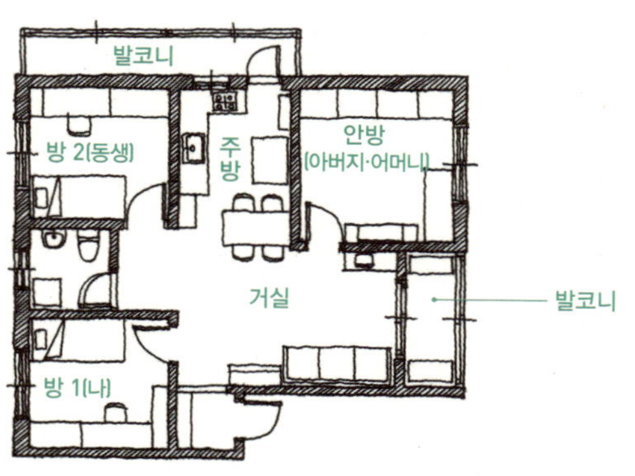

발코니
방 2(동생)
주방
안방
(아버지·어머니)
거실
발코니
방 1(나)
0   1   2   5m

고급 주택의 이름을 가진 서민의 집

온 나라를 뒤흔들었던 IMF의 여파는 우리 가족에게도 어김없이 들이닥쳤다. 결국 첫 번째 집은 팔리고 말았다. 잠깐의 연립주택 생활을 제외하고는 나에게 집이라는 기억의 시작이자 전부였던 장소였다.

매일같이 뛰어놀던 마당, 낙서 가득한 담벼락, 손때가 묻은 창틀이며 난간까지, 주인은 바뀌었어도 여전히 집은 그 자리에 있었다. 모든 게 그대로였지만 나는 더 이상 저 대문 안으로 들어갈 수 없는 남이었다. 처음 겪어보는 묘한 기분이었다. 그럼에도 쉼 없이 흘러가는 시간은 집을 그리워할 찰나조차 허락하지 않았다. 곧 우리 가족은 가까운 빌라로 이사를 했다.

'빌라Villa'는 본래 고대 로마 상류층의 교외 주택을 뜻하는 말이었다. 건축학도라면 서양건축사 시간에 꼭 배우는 '빌라 로툰다Villa Rotunda*'가 대표적이다. 서양에서는 지금도 교외 별장이나 시골 저택을 빌라라고 한다. 하지만 한국에서는 전혀 다른 의미로 통용된다. 모두가 아는 것처럼 저층 고밀 주거지역에서 지어지는 다가구, 다세대 혹은 연립주택이 한국의 빌라다. 가장 서민스러운 집에 역설적으로 고급 주택의 이름이 붙은 건 현실의 퍽퍽함을 조금이나마 잊고 싶은 마음에서였을까.

빌라의 생김새에는 나름의 규칙이 있다. 중앙의 공동현관에 들어서면 곧바로 계단실이 나온다. 반지하로 내려가는 계단 근처에는 모든 세대의 우편함이 있고, 그 안은 보통 찾아가지 않은 전단지로 빼곡했다. 자전거가 묶여 있는 계단 난간을 따라 올라가면 오른쪽이 '101호', 왼쪽이 '102호'다. 이 구조가 '401호', '402호'까지 반복된다. 옥탑을 통해 밖으로 나가면 초록색 우레탄 페인트로 마감된 옥상이 있지만, 두꺼운 철문은 자물쇠로 굳게 닫혀 있

* 이탈리아 비첸차(Vicenza) 교외에 위치한 16세기 고급 주택. 건축가 안드레아 팔라디오(Andrea Palladio)가 설계했다.

세번째 집 · 빌라

는 적이 더 많았다. 건축가의 상상력보다는 현행 법규와 경제적 논리에 의거한 이 규칙에서 세 번째 집 역시 크게 벗어나지 않았다.

마당도 옥상도 없는 세 번째 집은 물리적으로나 심리적으로나 첫 번째 집보다 좁았다. 어느새 나도 훌쩍 커버려 중학생이 되어 있었다. 작은 집에 삼대가 모여 살 수는 없었다. 결국 할아버지와 할머니는 고향으로 내려가셨다. 자연스럽게 우리 가족은 소위 '핵가족'이 되었다. 집이라는 공간의 변화가 가족의 형태마저 바꾸어 놓았다. 그 시절 많은 친구들이 비슷한 경험을 했다. 하필이면 사춘기까지 겹친 나는 세 번째 집이 영 마음에 들지 않았다.

하굣길에 이따금씩 한 정거장 전에 버스에서 내렸다. 첫 번째 집에 들르기 위해서였다. 비록 들어가볼 수는 없어도 그 자리에 잘 있는지 집의 안부가 늘 궁금했다. 어릴 적 올라가 놀던 안방 돌출창에는 처음 보는 잡동사니들이 마구잡이로 쌓여 있었다. 대문 옆에 걸린 명패도 모르는 이름으로 바뀌어 있었다. 할 수 있는 건 물끄러미 쳐다보는 게 다였지만, 익숙했던 골목을 뒤돌아 나올 때면 늘 발걸음이 잘 떨어지지 않았다.

이후 그 집에 누가 살았는지, 몇 번의 주인이 더 바뀌었는
지 알 수는 없었다. 다만 같은 골목의 옆집들이 하나둘
빌라로 변해갔다는 사실은 알았다. 그사이 대문과 담장
은 허물어지고 마당은 주차장이 되어버렸지만, 첫 번째
집은 끝까지 남아 골목을 지키고 있었다. 변화 속에서도
홀로 남아 있던 그 모습은, 마치 나에게 얼른 다시 이 집
으로 돌아오라고 손짓하는 것만 같았다.

하지만 얼마 못 가 첫 번째 집도 허물어졌다. 그렇게 내
유년시절도 막을 내리는 것 같았다.

　　　　　　　　　　　　　　　　세번째 집 · 빌라

빼앗긴 아이들의 놀이터

어린 시절, 봄의 시작을 알려온 건 언제나 담장을 넘어 골목으로 피어나는 형형색색의 꽃들이었다. 여름이면 할머니들이 꺼내놓은 평상에 앉아 같이 땀을 식혔고, 겨울에는 여기저기 세워진 눈사람들이 서로의 모습을 뽐내기도 했다. 한 골목에 여섯 집이 있었으니 그래봐야 백여 미터가 채 안 되는 짧은 길이었지만, 골목에는 늘 계절의 풍경과 이웃들의 분주함으로 가득했다.

골목은 아이들에게 좋은 놀이터이기도 했다. 축구를 할 때면 트여 있는 골목의 양 끝은 자연스럽게 골대가 됐다. 담장으로 좌우가 막혀 있어 실력이 부족한 꼬마들이 공을 차고 놀기에도 좋았다. 가끔 헛발질을 해도 담장에 맞은 공은 다시 아이들에게 돌아왔다. 골목 사이를 누비며 자전거를 타는 아이들도 많았다. 보조바퀴 달린 네발자전거로 온 동네를 시끄럽게 달리다보면 두발자전거 타는 법도 금세 익혔다. 자전거가 지나간 골목 바닥은 각종 놀이에 맞춰 분필로 그어진 선들로 늘 빼곡했다.

첫 번째 집이 허물어진 자리에도 빌라가 들어섰다. 1층은 일명 '필로티* 주차장'이었다. 초창기 빌라 주차장은 건물을 피해 주변으로 몇 대 그려진 것이 대부분이었다. 그러다보니 세대수에 비해 주차 대수가 턱없이 부족했다. 자가용이 많아지고 주차난이 심해지며, 필로티 주차장을 층수와 면적에 산입하지 않도록 법이 바뀌었다. 이후 골목의 풍경도 완전히 달라졌다. 자연스럽게 골목은 필로티 주차장의 차지가 됐다.

'필로티Pilotis'는 말뚝, 기둥을 뜻하는 라틴어 Pilarius에서 유래한 단어로, 프랑스어로 '건물을 지면보다 높게 받치는 기둥'이라는 뜻이다. 건축가 르 코르뷔지에가 주창했던 '현대건축 5원칙'에서도 필로티는 중요한 요소 중 하나

---

* 벽이나 기둥으로 구획되어 벽면의 1/2 이상이 개방된 공간.

세번째 집 · 빌라

이다. 같은 건축가가 파리 근교에 설계한 '빌라 사보아Villa Savoye'의 필로티를 통해 쏟아져 들어오는 주변의 풍광은 보는 이로 하여금 시원스러운 느낌을 준다. 한쪽으로 마련된 드롭오프*에서 현관으로 이어지는 공간은 사뭇 우아하기까지 하다.

우리나라 빌라의 필로티는 이름만 같을 뿐 전혀 다른 모습을 하고 있다. 집집마다 길에 면한 필로티에 있는 것은 사람이 아닌 자동차다. 그러니 골목은 주차장에 차를 대기 위한 차로가 되어버렸다. 사람이 들어가 있을 수 있는 공간은 자그마한 공동 현관이 전부다. 쉽게 말해서 골목 전체가 마치 거대한 지하 주차장과 같아져버린 것이다.

속도가 달라지면 풍경도 달라진다. 주차장은 사람의 속도가 아닌 차의 속도에 맞춰진 공간이다. 그러니 사람은 차에서 내린 뒤에는 한시라도 빨리 자동차의 공간을 벗어나 집으로 들어가야 마땅하다. 아파트나 상가의 지하 주차장을 걸을 때면 언제 차가 나올지 몰라 늘 조심스럽고 불안한 것도 그 때문이다.

* Drop-off. 차에서 내리는 사람들을 위한 승강장 공간.

요즘 골목엔 아이들이 없다. 시동 꺼진 자동차만 즐비한 어두컴컴한 길가에 나와 있는 건 치워지길 기다리는 쓰레기와 담배를 피우는 어른들뿐이다. 어쩌면 첫 번째 집보다 지금 더 그리운 건 그때의 골목일지도 모르겠다.

세번째 집 · 빌라

울도 담도 없는 집에 놀러 오는 것은

담장

집을 짓기 위한 설계도면은 수많은 선의 조합으로 되어 있다. 도면의 선은 크게 눈에 '보이는 선'과 '보이지 않는 선' 두 가지로 구분된다. '보이는 선'은 벽체선, 마감선, 재료분할선 등, 도면의 선을 따라 물리적으로 지어져 그 형태를 눈으로 확인할 수 있다. 반면 '보이지 않는 선'은 중심선, 보조선, 높이제한선 등 도면상에만 존재할 뿐 실제 건물에서는 선의 형태를 눈으로 볼 수 없다. 그런 '보이지 않는 선' 중 유일하게 물리적으로 구현되는 것이 '대지경계선'이다. 이를 실체화한 것이 바로 '담장'이다.

나의 땅과 남의 땅을 구분하는 가상의 선을 눈에 보이도록 만든 것이다보니, 그 때문에 다툼도 자주 일어난다. 집을 새로 지으려고 측량을 해보니 옆집 담장이 내 땅에 넘어와 있어 다툼이 생긴다든지, 공사를 마치고 담장을 내 집과 옆집 어느 쪽 땅에 속하게 쌓을 것인가 따위의 문제들 말이다. 실제로 최근 자문했던 한 사례에서는 수십 년 동안 내 땅에 침범해 있었던 옆집 담장과 계단을 뒤늦게 알고, 철거를 해달라며 소송을 건 일도 있었다. 판단은 법정에서 이루어지겠지만, 고작 한 뼘 두께도 채 안 되는 담장 때문에 이웃끼리 법리를 다퉈야 한다는 건 참으로 안타까운 일이다.

사실 담장은 단순히 경계를 표시하는 것 이상의 의미가 있다. 내밀한 생활이 이루어지는 주택의 특성상, 도시와 건축 사이의 경계로서 프라이버시를 보호하는 역할도 겸하기 때문이다. 도로에서 집 안이 훤히 들여다보이길 바라는 사람은 없다. 과거 한 신도시에서 이웃과의 소통 확대를 취지로, 주택들에 담장을 만들 수 없도록 지침을 세운 적이 있었다. 그러자 모든 집들이 하나같이 길 쪽으로는 옹벽을 높이 올리고, 내밀한 중정을 만들어 그쪽으로만 창문을 내어버렸다. 결국 길을 걸으며 보이는 풍경은 담장을 쌓는 것보다도 더 삭막해져버리고 말았다.

  세번째 집 · 빌라

첫 번째 집에는 사방을 빙 둘러 내 키보다 높은 벽돌 담장이 있었다. 골목에 다른 집들도 비슷한 모양의 담장을 가지고 있었다. 몇몇은 아무나 타고 넘을 수 없도록 상단에 벽돌을 빗겨 쌓아 뾰족한 장식을 해놓기도 했다. 하지만 장난꾸러기였던 어린 시절엔 그런 담에 오르는 것도 그리 어려운 일이 아니었다. 집집마다 맞대어 이어지는 대지경계선처럼 담장들도 하나로 이어져 있었다. 그러다 보니 어디까지가 내 집 담장이고 옆집 담장인지 크게 구분할 수도, 그럴 필요조차 없었다. 나는 담장 위를 살금살금 걸어 골목 한쪽 끝에서 다른 끝까지 걸어다니며 놀았다. 집을 구분하기 위해 만들어진 담장이 역설적으로 골목의 모든 집들을 하나로 연결하고 있었다.

하지만 세 번째 집으로 이사 온 이후, 주택의 담장들은 하나둘 사라지기 시작했다. 기하급수로 늘어난 자동차 대수를 오래전 만들어진 건축과 도시가 감당할 수 없었기 때문이다. 안 그래도 좁은 골목에 자동차까지 많아지자, 이를 수용하기 위해 집은 담장을 허물고 마당을 내어주기 시작했다. 마당 한편에 있던 작은 화단과 수돗가도 차를 한 대라도 더 집어넣기 위해 사라졌다. 이웃과의 소통 혹은 골목 환경 개선이라는 미명하에 시행되던 각 지

자체의 '담장 허물기 사업'은 실제로는 '주차장 만들기 사
업'에 더 가까웠다.

"내가 커서 아빠처럼 어른이 되면 우리 집은 내 손으로
지을 거예요. 울도 담도 쌓지 않는 그림 같은 집… 언제
라도 우리 집에 놀러 오세요."

동요 '우리 집'에 나오는 그림 같은 집에도 담장이 없다.
그래서 언제라도 누구든 놀러 올 수 있는 곳이다. 하지만
담장이 사라진 도시에서 우리 집에 놀러 온 건 사실 자동
차뿐이었더라.

모두의, 그러나 누구의 소유도 아닌

세 번째 집의 현관문을 열면 어두컴컴한 계단실이 있었다. 커버가 벗겨진 지 오래인 천장 센서등은 지나가는 사람을 따라 잠깐씩 켜질 뿐, 곧 다시 암흑이었다. 계단실은 모든 세대가 함께 쓰는 공간이었지만, 그곳에서 느껴지는 것은 단절감이었다. 계단참을 따라 양옆으로 나란한 현관문은 물리적으로는 가까우나 서로 다른 세계를 향해 있었다. 이따금씩 옆집과 문이 동시에 열려 어색하게 인사를 주고받을 때마다, 이 공간이 누구에게도 속하지 않는다는 사실을 새삼스럽게 느끼곤 했다.

계단은 지구상에서 가장 오래된 도시 중 하나인 예리코Jericho에서도 발견된다. 또 다른 초기 도시 차탈회위크

Çatalhöyük에서는 움막 형태의 개별 세대들이 수평적으로 벽과 지붕을 공유하며 군집을 이루는 공동주택의 형태도 발견됐다. 당시 도시의 모습을 상상한 그림을 보면, 내 집에 들어가기 위해선 계단이나 사다리를 타고 옆집의 지붕을 올라야 했다. 여러 개의 계단과 옥상을 조합하면 내 집으로 가는 길의 가짓수가 많아지고, 그 길에서 자연스럽게 이웃을 마주쳤을 것이다. 사실상 모든 집들의 옥상이 계단실인 셈이다. 분명 계단은 서로의 삶과 공간들을 연결하는 요소였다.

그로부터 수천 년이 지난 지금의 대한민국 계단실은 좀 달라졌다. 2024년 인구주택 총조사에 따르면 대한민국 주택의 79.6%는 아파트나 빌라 같은 공동주택이다. 사실상 도시에 사는 사람들 대부분이 공동주택에 살고 있다고 해도 과언이 아니다. 하지만 공동주택의 계단실은 '공동'이라는 단어가 무색할 만큼 사람들 간의 연결이 단절된 공간이 되어버린 지 오래다.

공동주택은 그 이름과 달리 공동으로 쓰는 공간이 계단실을 제외하면 사실상 없다. 그런 계단실조차 꼭대기 층으로 올라갈수록 점점 더 개인의 공간처럼 쓰이는 게 사

    세번째 집 · 빌라

실이다. 다른 사람들이 다닐 일이 적은 계단일수록 개인의 물건들을 좀 더 과감하게 내놓을 수 있는 것이다. 그러니 계단실은 그저 수직적으로 적층된 단독주택들 사이에 어쩔 수 없이 존재하며, 법과 규정에 의한 최소한의 연결만을 하고 있을 뿐이었다.

종종 첫 번째 집의 계단실을 떠올렸다. 현관문을 열면 햇살이 쏟아졌고, 작은 참과 계단을 오르내리며 이웃들과 마주칠 때는 자연스러운 인사가 오갔다. 때로는 음식을 나눠 먹기도 했고, 이야기를 나누며 시간을 보냈다. 계단 참에는 계절마다 다른 화분들이 줄지어 놓였고, 그곳에서 핀 꽃들은 집의 작은 풍경을 완성했다. 계단실은 단순한 통행로가 아니라 집과 이웃을 이어주는 매개체였다.

언젠가 오스트리아 빈의 한 공동주택 사례를 본 적이 있다. 일반적인 복도식 아파트처럼 생겼지만, 자세히 보면 계단실과 복도를 마치 골목길처럼 구불구불 비틀어 놓았다. 사람들은 다양한 너비와 형태를 가진 계단실과 복

* 아파트에는 커뮤니티 시설이라 불리는 부대복리시설이 공용으로 있지만, 주택의 용도를 나누어 공동으로 사용하는 공간이기보다는 별도의 목적을 가지고 부가적으로 공유하는 공간에 가깝다.

도를 따라 자연스럽게 화분과 의자를 꺼내어 문 앞을 꾸
몄다. 공동의 공간을 개인과 공유하고, 다시 개인의 공간
들이 모여 공동의 풍경을 풍요롭게 만드는 모습이었다.
계단실이라는 똑같은 공간에서 느껴지는 사뭇 다른 분
위기에 부러움마저 일었다.

첫 번째 집의 계단과 오스트리아 빈의 계단 풍경은 어딘
가 닮아 있었다. 계단을 오르내리다 이웃과 우연히 마주
쳤을 때 더 밝게 인사할 수 있는 공동의 공간이 있다면
일상이 조금 더 즐겁지 않을까 상상하며, 세 번째 집의
계단실을 다시 떠올려본다.

　　　　　　　　　　　세번째 집 · 빌라

유행과 오해 사이

첫 번째 집이 지어지던 1980년대, 우리나라 주택에서 가장 흔한 외장재는 적벽돌이었다. 흙을 구워 만드는 붉은 벽돌은 따뜻하고 안정감 있는 느낌을 주었고, 외관을 오래 유지할 수 있어 선호되었다. 그러던 것이 2000년대 전후 즈음부터는 드라이비트Dryvit로 대세가 바뀌었다. 한마디로 콘크리트 벽체에 단열재를 붙이고, 그 위에 도장을 올려 마감하는 방식이다. 단열재가 구조체 외측에 붙는다고 해서 '외단열', 마감까지 일체화되어 설치되는 공법이라 '시스템'이라고 한다. 드라이비트는 본래 특정 회사의 제품명이었지만, '외단열 시스템' 공법을 지칭하는 고유명사처럼 쓰였다.

드라이비트가 유행한 이유는 분명했다. 우선 가격이 저렴하고 시공이 간편했으며, 단열 효과도 뛰어났다. 또한 벽돌보다 가벼워 건물 구조에 부담을 주지 않았으며, 가공이 쉬워 원하는 형태나 문양을 만들어 장식하기도 편리했다. 색상 선택의 폭도 넓었는데, 주로 아이보리나 베이지 같은 밝은 색깔이 주류를 이뤘지만, 개중에는 핑크나 민트처럼 파격적인 색상의 집들도 더러 있었다. 유지보수를 위해서 10년 정도 주기로 도장을 다시 해야 했기 때문에, 취향에 따라 집 전체 색깔을 바꾸는 것도 가능했다. 세 번째 집 외벽도 아이보리빛이 나는 드라이비트였다.

드라이비트의 인기가 주춤해진 건 사회적으로 이슈가 되었던 대형 화재 사건들 이후였다. 석유 화합물인 스티로폼 단열재가 외벽을 따라 전층에 걸쳐 연결되는 특성상, 한번 불이 붙으면 집 전체로 옮겨붙기 쉬웠다. 다행히도 지금은 법규가 강화되어서 예전같이 불이 잘 붙는 마감재를 외벽에 쓰지 못한다. 이후 외단열 시스템 공법도 많이 개선되었지만, 그럼에도 불안한 재료라는 인식과 함께 저렴한 건물에 주로 쓰인다는 이미지까지 더해져 여러 오해를 받기도 한다.

 세번째 집 · 빌라

외국에서는 건물의 크기나 용도에 관계없이 많은 건축가들이 외단열 시스템을 애용한다. 줄눈이 없어 아무리 넓은 면도 매끈하게 한 덩어리처럼 보일 수 있는 이유가 가장 크다. 벽면의 크기나 형태, 재료의 단위에 구애받지 않으면서도 넓고 평탄한 면을 마음껏 만들 수도 있다. 뿐만 아니라 곡면을 표현하거나 도장 방식에 따라 거칠기 있는 표면까지 연출할 수 있어, 오히려 작품성이 두드러지는 건축에도 많이 쓰이고 있다.

재미있게도 최근 몇 년 새 주택 외장재의 대세는 다시 벽돌이다. 적벽돌 일색이었던 30년 전과 달리 규격, 재료, 표면처리 등을 새롭게 시도한 제품들과, 접근성이 낮아진 수입벽돌까지 가세하여 널리 쓰이고 있다. 최근 연이은 대형 지진으로 무거운 벽돌의 안정성에 대한 걱정이 일자 이를 보완하는 내진 공법이나, 비슷한 모양이지만 더 가벼운 벽돌 타일까지 개발되었다.

한 시대를 풍미했던 벽돌은 한 세대를 거쳐 다시 돌아왔다. 벽돌에서 드라이비트를 지나 다시 벽돌로. 언젠가 다시 드라이비트가 대세가 되는 날이 오지 말란 법이 있을까. 유행은 돌고 도는 법이다.

어머니의 비밀스런 집

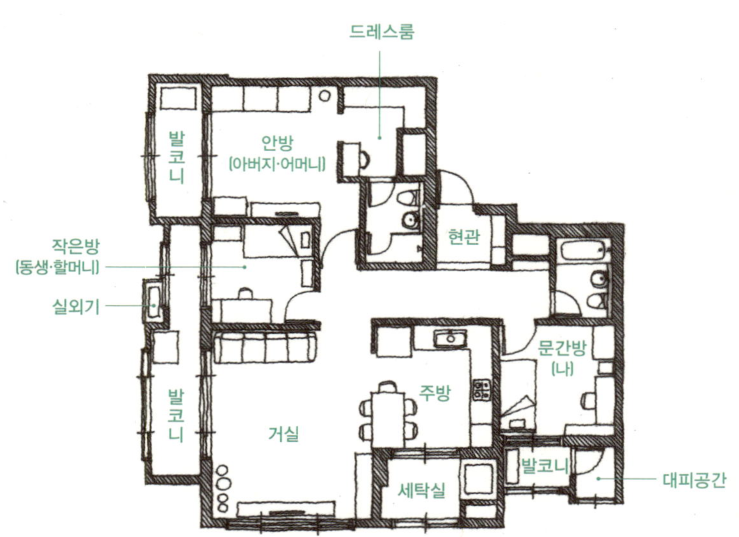

드레스룸
발코니
안방 (아버지·어머니)
작은방 (동생·할머니)
실외기
발코니
거실
주방
세탁실
현관
문간방 (나)
발코니
대피공간
N
0 1 2 5m

사기 위한 것에서 살기 위한 곳으로

한때 '휴거'라는 말이 사회적으로 큰 이슈가 된 적이 있다. 세기말 유행했던 예언이나 계시록에 나오는 이야기가 아니다. 다름 아닌 '휴먼시아 거지'의 줄임말이다. '휴먼시아'는 LH(한국토지주택공사)에서 공급하는 임대아파트의 브랜드명이다. '휴거'는 초등학생들 사이에서 저소득층 아이들을 따돌리며 아파트 이름을 가지고 만들어낸 충격적인 신조어였다. 얼마 뒤에는 '엘사(LH 사는 사람)'라는 새로운 표현까지 등장했다. 우리가 아무리 갈등 사회로 치닫고 있다고 해도 이건 너무하다 싶었다. 그리고 그 충격은 곧 가슴 깊은 곳에 있던 기억 하나를 불러일으켰다.

네 번째 집은 '시프트Shift'라는 이름의 새 아파트였다.

SH(서울주택도시공사)에서 공급하는 임대아파트(장기전세)로, 이름에는 집의 개념을 '사는 것'에서 '사는 곳'으로 이동(시프트)시키겠다는 뜻을 담았다고 했다. 장기전세란 일정 기준을 충족하는 가구를 대상으로, 주변 시세보다 조금 싸게 입주할 수 있는 곳이다. 부모님 입장에서는 내 집 마련까진 아니어도 주거의 질을 비약적으로 높일 수 있는 좋은 기회였다. 대기업 브랜드 아파트보다야 다소 평범했지만, 그동안 살던 집들에 비하면 새 아파트는 그야말로 신세계였다.

당시에도 이미 포화 상태였던 서울에 새로운 주택을 지어 공급한다는 건 많은 제약이 따르는 일이었을 것이다. 자연스럽게 신축 임대아파트들은 소위 그린벨트로 묶여 농사짓던 땅이나 철도 차량기지, 버스 차고지 같은 대규모 도시 기반시설이 나간 자리에 들어설 수밖에 없었다.

네 번째 집 또한 비슷한 위치에 있었다. 서울의 경계 끝자락, 산비탈을 따라 줄지어 들어섰던 비닐하우스들은 그 모양 그대로 아파트 동이 되었다. 당연히 버스도 지하철도 없는 곳이었으니, 단지가 완성될 즈음에서야 새로운 노선들이 생겨나며 사람들을 부지런히 실어 날랐다. 교통은 좀 불편해도 좋은 점도 있었다. 단지 바로 옆으로는 거대한 산이 맞닿아 있었다. 마음만 먹으면 언제든 울창한 숲을 산책할 수 있었음은 물론이고, 굳이 산에 오르지 않더라도 창문을 열면 신선한 공기가 밀려들어왔다.

네 번째 집은 6층이었지만 소위 '탑층'이었다. 아파트가 낮게 지어진 이유는 인접한 공항의 착륙 궤도상에 있어 고도 제한이 있었기 때문이다. 비행기가 오갈 때마다 시끄러운 소리가 났지만, 성능이 좋아진 창호와 에어컨 덕분에 문을 닫으면 그마저도 잘 들리지 않았다. 윗집이 없어 층간 소음을 모르고 살았던 건 덤이었다.

어머니는 지금도 네 번째 집에서 살던 시절의 깨끗했던 공기와 환경을 종종 그리워하신다. 당시 우리 집에 놀러온 사람들은 자연과 어우러진 저층 단지를 보며 마치 리조트에 온 것 같다고 부러워하곤 했다. 하지만 이곳이 임대아파트라는 사실만큼은 밝히기를 극구 꺼리셨다. 시프트Shift라는 멋진 이름은 오히려 이 집을 숨겨야 할 비밀스러운 이유처럼 느껴졌다. 그때 나는 처음으로 깨달았다. 집이란 정말이지 사는 공간 이상의 의미를 가지며, 어떤 이름이 붙는가에 따라 사람들의 시선이 달라질 수 있다는 것을.

임대아파트에서의 기억은 그때나 지금이나 여전히 내게
많은 질문을 던진다. 살기 좋았던 그 집은 정말 내 집이었
을까, 아니면 사지 못했기에 스쳐 지나갔을 뿐인 남의 집
에 불과했을까. 나는 아직도 그 답을 찾지 못했다.

숨길수록 더욱 가까워지는 공간

지하주차장

처음 경험해보는 아파트 생활에서 가장 생경했던 공간은 지하주차장이었다. 거대한 콘크리트 기둥들이 줄지어 늘어서 있었고, 동과 라인을 나타내는 번호와 표식만이 기계적으로 붙어 있을 뿐이었다. 다소 어두컴컴한 조명과 차가 지나갈 때마다 타이어와 에폭시 바닥이 마찰하는 기괴한 소리, 환기를 위해 무심하게 돌아가는 천장의 환풍 팬까지, 모든 것이 너무나 비인간적이라는 생각이 드는 공간이었다. 아무런 풍경도, 변화도 없는 기능적인 공간에서 나는 언제나 차를 빨리 세우고 벗어나고만 싶어 했다.

처음 지하주차장을 경험했던 날은 더욱 잊지 못한다. 사전점검일, 초보운전 주제에 온 가족을 차에 태우고 난생 처음 들어가본 아파트 주차장에서 나는 현관을 찾는 것부터 헤맸다. 표시된 가운데 큰 숫자가 '동', 그 양옆으로 작은 숫자가 '라인'이라는 걸 이해하는 것조차 어려웠다. 가까스로 우리 집 현관을 찾고 후진해 주차하려는 찰나, 우지끈 하는 소리가 났다. 내려보니 바닥에는 조수석 사이드 미러가 떨어져 나뒹굴고 있었다. 그동안 집 앞 골목에서 주차 연습을 하며 단 한 번도 기둥이라는 존재를 경험해보지 못해 생긴 작은 소동이었다.

그전까지만 해도 나는 아파트에 다소 비판적인 사람이었다. 하지만 강렬한 첫인상을 남겼던 주차장은 나의 생각을 전환하는 데에도 결정적인 역할을 했다. 좁은 골목에서 마주 오는 차를 피하고 백미러를 접어가며 주차하던 일상이, 엘리베이터를 타고 우아하게 주차장 층으로 내려가 비가 오나 눈이 오나 문을 충분히 열고 차를 탈 수 있다는 행복감으로 변하는 데에는 그리 오래 걸리지 않았다. 아파트에 살아보기 전에는 결코 느껴볼 수도 상상할 수도 없던 편리함이었다.

자동차 중심의 아파트에서 주차장은 차량 이동의 편의성

뿐 아니라 사람들의 이동 편의성까지 크게 높였다. 지하로 숨겨진 주차장 덕분에 네 번째 집의 지상에는 각 동의 주차장으로 들어가기 위한 진입로 정도만 있을 뿐, 대부분 공원처럼 꾸며져 있었다. 차가 사라진 단지는 아이들의 안전한 놀이터가 되고, 어르신들의 건강한 산책로가 되며, 반려견들의 행복한 운동장이 되었다. 주차 대수는 과거 세대당 1대 미만에서 이제는 2대 이상까지 늘어나는 추세지만, 오히려 사람들의 눈에서 차는 점점 사라지고 있다.

택배와 배달음식이 대중화된 요즘은 주차장이 물류의 기능까지 담당한다. 몇 년 전, 한 신도시 아파트에서 있었던 일명 '택배 대란'은 지하주차장 층고가 부족해 택배차가 진입하지 못해 일어난 사건이었다. 이후 신축 아파트의 지하주차장 층고 권장 기준은 트럭도 자유롭게 드나들 수 있도록 2.3m에서 2.7m로 높아졌다. 요즘은 배달음식을 주문할 때도 '지하주차장으로 들어와주세요'라는 말을 자연스럽게 한다. 훗날 지하주차장에는 배달음식과 택배 수령을 위한 별도의 현관이나 게이트를 법적으로 만들어야 하는 날이 올지도 모르겠다.

지하주차장은 단순히 자동차를 세우는 공간이 아니다. 숨겨졌지만 점점 커지고 기능이 확장되는 주차장은, 우리의 삶이 얼마나 자동차와 가까운지를 보여준다. 전기 자동차가 보편화되고 자율주행과 무인주차 기술이 눈앞으로 성큼 다가온 시대, 주차장은 또 한 번 커다란 변화를 맞이할 준비를 하고 있다.

남이 나를 보는 틀

창문

건축학과에 입학해 첫 설계를 시작한 나에게 가장 어려웠던 건 다름 아닌 창문을 뚫는 일이었다. 창문은 빛과 공기를 공간으로 들이는 통로이자 안과 밖을 연결하며 밖을 조망하는 틀이다. 그렇기에 창문의 개수, 위치, 높이, 형태 그 무엇 하나 허투루 결정할 수 있는 것은 없었다. 그래서 창문을 그리는 것은 매일 밤을 꼴딱 새워 나머지 모든 것들을 정해놓고서야 비로소 할 수 있는 화룡점정 같은 일이었다.

네 번째 집에도 방마다 창문이 있었다. 그렇지만 학교에서 그리던 것과 달리, 아파트 창문에는 일정한 규칙이 있었다. 사는 사람의 생활양식이나 환경에 맞춰 일일이 정

해지기보다는 집의 규모와 가치가 반영되어 계산된 결과
에 더 가까웠다.

학교에서 배운 건축은 공간을 사용하는 사람이나 환경
에 맞춰 고유하게 그려내는 일이었다. 쉽게 말해, 가장 독
특하고 예리한 무언가를 만들기 위해 거대한 돌덩이를 깎
아내는 과정과도 같았다. 그런데 한국의 아파트라는 것은
각자의 개성을 최대한 줄이고, 모난 곳을 도려내 둥글고
무난한 무언가를 만들어낸 결과물에 가까워 보였다. 그
래서 당시 학교와 집을 오가는 건 나에게 있어 건축의 서
로 다른 양면을 매일같이 들여다보는 일과도 같았다.

실제로 한국의 아파트는 전세계 그 어느 아파트보다 계
량화가 쉽다. 쉽게 말해, 숫자로 가치를 환산하고 비교하
기 편리하다는 뜻이다. 대표적인 것이 전용면적을 뜻하
는 숫자인 '84', '59'라든가, 정면을 면하는 방의 개수를 뜻
하는 '4베이', '3베이' 같은 것들이다. 방 3개에 거실까지
총 4개 공간이 정면으로 면해 있으면 '4베이'고, 두 방과
거실만 면해 있으면 '3베이'인 것이다. 각 베이마다 창문
이 하나씩 있으니 큰 창과 작은 창의 개수와 배열만 보아
도 평형이나 구조를 쉽게 파악할 수 있었다.

결국 그렇게 된 것은 상품성, 혹은 환금성 때문이다. 아파트라는 건 값이 오르면 팔 수도 있고, 언제든 내 것이 아니게 될 수 있다는 것을 전제로 한다. 빠르게 거래가 이루어지기 위해서는 모난 곳이 있으면 안 된다. 사고파는 사람이 누구이든 큰 무리 없이, 즉각적으로 가치가 환산되어 '쿨 거래'가 이루어질 수 있도록 진화한 것이 지금의 아파트다.

하지만 이런 표준화된 설계가 만드는 사회적 결과는 아이러니하다. 창문은 그 집에 사는 사람들의 부와 지위를 암시하며, 그들 사이에 보이지 않는 경계를 만든다. 밖을 향해 열려야 할 창이 오히려 안의 사람들을 드러내고, 그들의 삶을 구분짓는다. 어쩌면 창문은 내가 무언가를 보기 위한 틀이 아니라, 남이 나를 보기 위한 틀이 되어버린 것만 같다.

약 6천 년 전에 만들어진 메소포타미아의 고대 도시 우르Ur는 조금 달랐다. 단층으로 서로 벽을 공유하며 움집 형태로 다닥다닥 붙은 집들은 방 한 개짜리도 있고, 수십 개짜리도 있었다. 서로 다른 크기의 집들이지만, 길가에서 보이는 창문의 크기나 개수만으로는 집의 크기와

부를 짐작하기 어려웠다. 아마도 부자와 가난한 사람이 같은 길을 걸으며, 서로의 차이를 드러내지 않고 조화를 이루는 도시였을 것이다.

아직도 우리 사회에 소셜 믹스Social Mix*는 요원하기만 하다. 오늘날 우리는 어쩌면 아주 오래된, 그러나 가장 단순한 지혜를 스스로 놓치고 살고 있는 건 아닐까.

* 소득과 계층이 다른 사람들이 섞여 사는 주거 환경을 의미하는 도시계획 용어. 우리나라는 아파트나 주택단지 내에 분양 물량과 임대 물량을 일정 비율 섞어야 하며, 출입을 분리하거나 외부에서 티가 나지 않도록 규정하고 있다.

　　　　　　　　　　　　　네번째 집 · 임대아파트

주택법이 만든 삶의 희망

건물과 관계된 법은 크게 '주택법'과 '건축법'이 있다. 얼핏 생각하면 주택이라는 게 건축의 한 범주이니 건축법이 더 큰 법일 것 같지만, 실상은 주택법이 훨씬 강력하다. 한국전쟁 이후 복구과정에서부터 주거는 마치 물이나 가스처럼 늘 수요에 따라 공급해야 하는 대상이었고, 국민들에게 최소 주거의 질을 보장하는 것이 중요했다. 그래서 일반 건축물보다 주택에는 훨씬 강한 기준이 적용되었고, 그것이 지금까지 이어져왔다.

그 차이를 설명하는 대표적인 예가 '유리 난간'이다. 근래에 지어지는 아파트들은 거실 창문 바깥쪽으로 투명한 유리 난간을 붙이는 게 대세다. 하지만 과거에는 1.2m 높이까지 금속 난간이 답답하게 올라와 시야를 가리는 방식이 대부분이었다. 일반 건물들은 유리 난간을 얼마든지 자유롭게 적용할 수 있었지만, 왜 아파트는 불가능했던 것일까. 아파트가 '주택'이기 때문이다. 주택법에서 난간은 철근 콘크리트, 금속 등 견고한 재료로 해야만 한다고 규정했기 때문에 유리로 할 수 없었다. 2009년 주택건설기준이 개정되며, '난간을 유리로 할 수 있다'는 문구가 추가되고 나서야 아파트에서도 사용이 가능해졌다.

주택법에서는 유리 난간처럼 재질이나 규격뿐 아니라 공간도 세심히 다룬다. 특히 아파트처럼 대규모로 공급되어 수많은 사람들의 삶의 질을 바꿔버릴 수 있는 경우에는 더욱 그렇다. 그 대표적인 것이 부대복리시설이다. 아파트는 설계할 때, 일정 규모마다 일정 크기 이상의 어린이집, 경로당, 커뮤니티센터 등 공용시설을 어떻게 만들어야 할지 세세하게 규정하고 있다. 세대수만 가득 채우는 비현실적인 아파트를 만들지 못하도록 하는 최소한의 장치라고 보면 된다.

부대복리시설의 덕을 본 건 의외로 우리 할머니였다. 동생이 군대에 가며 비워진 방에 고향으로 내려가 계시던 할머니를 모시기로 했다. 처음엔 예상했던 대로 아파트 단지에 적응하기 힘들어하셨다. 아는 사람도 없고 갈 만한 곳도 없었으니 그러셨던 것 같다. 다행히 활기를 찾고 정을 붙이기 시작하신 건, 아파트 단지 한편에 마련된 '경로당'을 찾게 되면서부터였다.

할머니는 낮시간 내내 경로당에서 생활하셨다. 그러다보니 그곳에서 무엇을 하시며 지내는지도 자연스럽게 알게 됐다. 경로당은 작은 사회였다. 그 안에는 회장도 있고 총무도 있었다. 회비를 걷어 같이 음식을 해 먹기도 했고, 필요한 물건을 구매하기도 했다. 다시 시작된 서울살이의 외로움을 할머니는 경로당에서 달래셨다.

정정하시던 할머니는 코로나 팬데믹이 시작된 이후 급격히 쇠약해지셨다. 경로당이 문을 닫으면서부터였다. 비슷한 시기 다른 분들도 여럿 세상을 떠나셨다. 병에 걸려서가 아니었다. 단지 서로 만나고, 이야기를 나누고, 음식을 함께 먹을 수 있는 공간이 사라졌기 때문이었다.

결국 할머니는 팬데믹의 마지막을 보지 못하고 돌아가셨다. 경로당은 법에 의해 마지못해 만들어진 공간이었을

지도 모르지만, 누군가에게는 마지막까지 삶을 지탱해주
는 끈이었다.

떠날 사람을 위한 방

문간방은 집 안에서 가장 외곽에 위치하며, 그 때문에 종종 가족의 역할이나 생활 패턴에 따라 자연스럽게 주인이 정해지곤 한다. 건축학자 서현 교수는 '큰아들이 문간방을 쓰는 이유는 과거 도둑이 들었을 때 가장 먼저 나가서 대처해야 하기 때문'이라고 재미있는 추측을 하기도 했다. 물론 큰아들이었던 나에게 그런 역할이 부여된 적은 전혀 없었지만, 신기하게도 내 방은 언제나 문간방이었다.

아파트의 문간방은 한옥의 문간방과 닮은 점도 많다. 한옥에서 문간방은 대문 옆에 위치해 외부 손님을 맞이하는 공간이었다. 손님이 집 안쪽 깊숙이 들어가지 않고 머물 수 있는 방으로, 가족보다는 외부인을 위한 공간이었다. 건축학과에 입학하고, 늦게 귀가하거나 아예 학교에서 밤을 새우는 일이 많았던 내가 문간방을 쓰는 게 당연했던 걸까. 어쩌면 나는 이미 가족에게 '손님' 같은 존재였기에 그 방을 쓰게 된 걸지도 모르겠다.

한 번은 같은 과 친구들과 각자의 방을 주제로 발표한 적이 있었다. 그런데 다른 친구들의 방을 보며 적잖이 놀랐다. 다들 너무 잘 꾸며서였다. 특히 자취를 하는 친구들의 방에서는 부모님과 쭉 함께 살아온 나와는 비교가 안 될 정도로 공간에 대한 많은 고민이 엿보였다. 나름의 규칙을 만들고 작은 공간도 분할해가며 개성을 부여해, 누가 봐도 건축가의 방 같다는 생각이 들 정도였다. 한술 더 뜬 친구들은 직접 자기가 원하는 책상이나 수납장을 디자인해 만들어 사용하기도 했다.

내 차례가 오자 좀 부끄러웠다. 내 방에는 책상 하나, 옷장 하나, 침대 하나가 전부였다. 벽이나 바닥이야 애초에 아파트에 입주하면서 정해져 있던 것이니 내 취향과는 무관했고, 마음대로 바꿀 수도 없었다. 창가에는 작은 발코니가 딸려 있었지만, 집에 잘 안 있는 사람의 방이라는 이유로 온 가족의 잡동사니를 쌓아두는 창고 정도에 불과했다.

부모님과 함께 살다보니 완전한 내 방은 사실 없었다. 내 맘대로 잠그거나 열어두기도 애매했다. 청소를 하는 것도 주로 어머니셨고, 이불이나 가구 또한 사용하는 나보다는 관리하는 사람 입장에서 적절한 것들로 갖춰져 있었다. 불만은 있었지만 딱히 반대하지도 않았다. 차라리 방을 꾸밀 돈으로 책을 사거나 친구를 만나는 데 쓰는 게 낫다고 생각했다. 그래서 내 방은 오랜 시간 동안 생활에 필요한 최소한의 기능만 하는 '주어진' 공간이었다.

결국 문간방은 떠날 사람을 위한 방이었다. 집 안에 있으면서도 늘 바깥을 향해 놓인 방, 손님을 맞이하기도 하고, 언젠가 나갈 사람을 미리 품고 있는 자리. 나는 그곳에서 어렴풋이 가족이라는 틀을 떠나 독립할 날을 준비했는지도 모른다. 그리고 그 방을 떠날 기회는 생각보다 훨씬 일찍 찾아왔다.

혼자이지만 혼자가 아닌 집

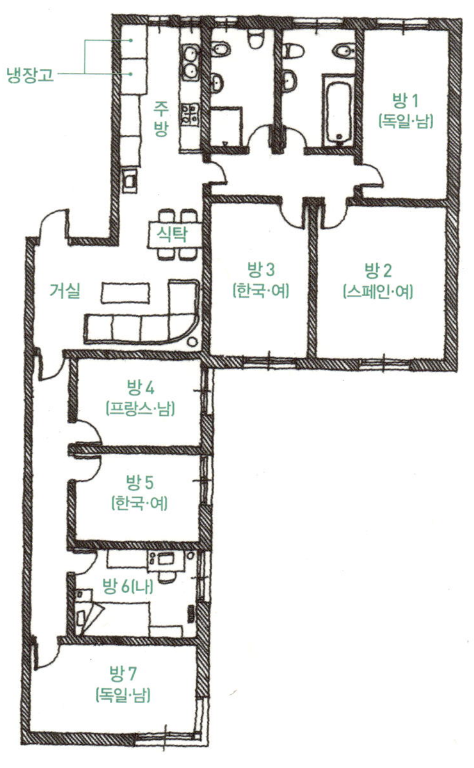

냉장고
주방
식탁
거실
방 1
(독일·남)
방 2
(스페인·여)
방 3
(한국·여)
방 4
(프랑스·남)
방 5
(한국·여)
방 6(나)
방 7
(독일·남)
N
0 1 2

혼자이지만 혼자가 아닌 집

셰어하우스

군대를 마치고 스페인 마드리드에 교환학생으로 가게 되었다. 생전 처음 배워본 스페인어를 독학으로 자격증까지 따고 교환학생까지 가게 된 건, 외국에 나가 혼자 살아보고 싶다는 열망이 컸기 때문이다. 자취를 하기도 애매하고 취업이나 결혼을 통한 독립도 아직 멀었기에, 교환학생은 나름 적당한 이유로 부모님 집에서 나와 독립할 수 있는 좋은 기회라고 생각했다.

독립이라고 하기엔 짧은 시간이었지만, 평생을 부모님과 함께 살았던 나에게는 엄청나게 긴 시간처럼 느껴졌다. 일단 현지에 도착해서 살 집을 구하기로 하고, 처음 일주일 정도 머물 숙소만 한국에서 미리 예약했다. 비행기에서 내려 내 몸집만 한 이민가방을 차에 싣고 도착한 곳은 시내의 한 오래된 전형적인 중정형 주택이었다. 당시는 비앤비BnB가 외국을 중심으로 막 활성화되던 시기였다. 문을 열고 들어가자, 마치 방금 전까지 누가 살던 것 같은 묘한 정감이 있는 실내가 펼쳐졌다. 깨끗하면서도 적당히 사용감이 있는 집기나 물건들이 오히려 타지 생활의 시작을 조금 편안하게 다독여주는 느낌이었다. 그곳에서 머물며 본격적으로 집을 구하기 시작했다.

학교 근처를 중심으로 서른 곳이 넘는 집을 직접 방문해 둘러봤다. 첫 독립이다보니 월세라는 개념도 생소하고 집을 구하는 과정도 어색했기에, 공부하는 셈 치고 일부러 더 많은 집을 돌아다녔다. 자연스럽게 주변 동네 지형지물을 익히는 데에도 도움이 되었다.

처음에는 야심차게 완전한 독립을 꿈꾸며 혼자 사는 방도 알아봤다. 하지만 우리나라처럼 원룸이라는 개념이 없는 스페인에서는 거실과 방이 모두 딸린 집을 학생 혼자 쓰기엔 너무 비쌌다. 반면 '피소Piso Compartido'라고 해서 일종의 셰어하우스처럼 방을 구하는 경우가 흔했다. 셰어하우스란 한 집에서 여러 사람이 각자 방을 나눠 쓰고, 거실과 주방, 화장실 같은 공용 공간을 공유하는 주거 방식이다. 요즘은 우리나라에도 많이 알려졌지만, 당시 나에게는 매우 생소한 개념이었다.

비용도 아낄 수 있고, 처지가 비슷한 교환학생들끼리 함께 지낼 수도 있다는 점에서 나쁘지 않은 선택이었다. 어쩌면 평생 부모님 집에 얹혀살다가 갑자기 혼자가 되기에는 덜컥 겁이 났던 걸지도 모르겠다. 혼자서는 가지기 어려운 거실과 주방 같은 공간들을, 개인이 지불하는 방값에 약간만 더 보태면 누릴 수 있는 것도 매력적이었다. 고민 끝에 나는 학교에서 그리 멀지 않은 곳에 위치한 셰어하우스를 계약했다.

혼자 사는 집은 아니어도 비로소 가지게 된 내 방이었다. 이사를 마치고, 제일 먼저 한 일은 작은 문패를 만드는 것이었다. 방문 앞에 걸린 문패에는 이렇게 적혀 있었다.

'La Habitación Del Arquitecto(건축가의 방)'

우연과 비용이 정한 이웃

내 기억 속 집들의 방은 항상 세 개였다. 방들의 크기는 조금씩 달랐으며, 가족 구성에 따라 제일 연장자부터 순서대로 큰방을 썼다. 그래서 첫 번째 집에서 제일 큰방은 할아버지와 할머니가 썼고, 두 번째 집과 세 번째 집의 제일 큰방은 아버지와 어머니가 썼다. 자연스럽게 제일 작은방은 언제나 나 아니면 동생의 차지였다. 방의 크기와 주인을 결정하는 건 나이 혹은 가족 구성원에서의 위치였다. 그땐 그게 조금도 이상하지 않았다. 다섯 번째 집을 경험하기 전까지는 말이다.

다섯 번째 집에는 방이 무려 일곱 개나 있었다. 현관에 들어서면 작은 거실이 나오고, 양옆으로 긴 복도를 따라 비슷한 크기로 나눠진 일곱 개의 방이 나란히 붙어 있었다. 복도 맨 끝의 방은 다른 방보다 조금 더 크고 창이 많았다. 당연히 월세도 조금 더 비쌌다. 이곳에서 방의 크기와 주인을 결정하는 건 국적도, 나이도, 성별도 아닌 '돈'이었다. 나는 일곱 개 중 가장 싼 방을 선택했다.

그때까지도 다른 방들은 여전히 비어 있었다. 새 학기의 시작을 일주일 정도 앞둔 시점이었다. 교환학생 제도가 잘 되어 있는 유럽에서는 학기를 앞두고 나처럼 짧게 방을 구하는 사람들이 흔했다. 집주인 할머니는 곧 나머지 여섯 개의 방도 금방 찰 거라고 했다. 그렇게 이사를 마친 첫날, 화장실까지 치면 방이 무려 아홉 개나 있는 텅 빈 집에서 홀로 잠을 청하려니 기분이 묘했다. 다행히 나머지 여섯 개 방의 주인이 정해지는 데는 그리 오랜 시간이 걸리지 않았다.

첫 번째 룸메이트는 독일에서 온 남학생이었다. 스포츠형 머리에 큰 키, 근육질의 몸매가 누가 봐도 남성미가 넘쳤다. 아니나 다를까, 축구를 좋아해서 스페인으로 교환학생을 왔다고 했다. 그래서인지 방 안에는 책보다는 운동기구와 좋아하는 축구팀 응원 도구가 더 많았다.

두 번째 룸메이트도 독일에서 온 덩치 좋은 남학생이었는데, 종목만 농구로 바뀌었을 뿐 방 안의 풍경은 비슷했다.

세 번째 룸메이트는 인도양의 외딴섬, 프랑스령 레위니옹이라는 곳에서 온 남학생이었다. 다부진 체형에 까무잡잡한 피부, 곱슬머리를 한 그는 낯선 식재료와 향신료로 요리를 즐기곤 했다. 방에도 용도를 알 수 없는 처음 보는 신기한 물건들과 요리 도구들이 즐비했다.

네 번째 룸메이트는 다른 도시에서 공부하러 온 화려한 외모의 스페인 여학생이었다. 다섯 번째 집에서 유일하게 교환학생이 아닌 현지인이었는데, 그래서인지 가장 비싸고 넓은 방을 썼다. 평소에는 정리도 잘 안 하고 방을 쓰다가도, 이따금씩 부모님이 시찰 비슷하게 오시기라도 하면 요란하게 대청소를 하던 모습이 기억난다.

마지막 다섯 번째와 여섯 번째 룸메이트는 한국에서 온 여학생들로 결정됐다. 멀리 타국에서 한 집에 같이 있다는 것만으로도 서로 큰 힘이 되었던 친구들이다.

일주일도 채 안 되는 사이에 모든 방의 주인이 결정되었

   다섯번째 집 · 셰어하우스

다. 성별도, 국적도, 그리고 이곳에 온 이유도 모두 제각
각이었다. 그동안 내가 알던 집과 가족과 방의 개념은 산
산이 부서졌다. 지금까지 경험했던 집들에서 옆방의 주
인을 결정하는 것이 '혈연'이었다면, 이곳에서는 '우연'에
더 가까웠다.

선택되어지는 유일한 취향

할머니 방에는 늘 자개로 된 장롱과 옷장, 화장대가 있었다. 어머니 방에도 늘 원목으로 된 장롱과 옷장, 화장대가 있었다. 두 분 다 결혼할 때 혼수로 해온 것들로, 집에서 가장 비싸고 좋은 물건이라고 했다. 그래서 쉽게 바뀌거나 버려지지 못했다. 할머니의 자개장은 돌아가시고 나서야 어쩔 수 없이 처분되었고, 어머니의 원목장은 지금까지도 40년 가까이 곁을 지키고 있다. 마치 몸의 일부라도 되는 것처럼, 때 묻고, 닳고, 낡아져도 쉽게 떼어내거나 갈아치울 수 있는 존재가 아니었다. 내 기억 속 가구란 그런 것이었다.

2010년대 이후 전세계는 '패스트푸드', '패스트패션'에 이어 '패스트퍼니처'가 유행이다. 한 곳에 정주하기보다는 일이나 학교를 따라서 이리저리 빠르게 옮겨 다니며 잦은 이사를 해야 하는 요즘 사람들에겐, 비싸고 좋은 가구는 그야말로 사치품에 불과할지도 모른다. 시대의 취향에 맞추어 빠르게 들였다가 다시 빠르게 처분할 수 있는, 싸지만 디자인이 괜찮은 가구들이 인기다. 특히 코로나 팬데믹 이후 바깥보다 집 안으로 눈을 돌리게 된 젊은 세대들은 자신만의 취향에 맞추어 방을 꾸미고, 개성 넘치는 다양한 가구를 사는 것에 익숙하다.

다섯 번째 집을 구하러 다니며 본 방들은 하나같이 공통점이 있었는데, 집집마다 가구가 이상하리만큼 똑같다는 사실이었다. 지역도, 가격도, 크기도 제각각 다른 집들이었지만, 신기하게도 방 안에 놓인 책상, 의자, 옷장, 침대는 하나같이 똑같은 모양을 하고 있었다. 결정적으로 그 이유를 눈치 채게 된 건, 아주 특이한 모양의 플로어 스탠드가 집집마다 놓여 있다는 사실을 알게 된 뒤부터였다. 모두 이케아IKEA 제품이었다.

그때까지만 해도 이케아는 한국에 매장이 없었다. 지금처럼 직구가 쉬운 시절도 아니었으니, 인테리어에 관심

많은 사람들이나 해외여행 가서 사 오는 북유럽 감성의 비싼 가구 브랜드 정도로 알려져 있었다. 그래서 처음엔 학생들 월세방임에도 가구가 이케아라는 점이 신선한 충격이었다. 스페인 집주인들의 격조 높은 디자인 감수성에 감동하려는 찰나, 알고보니 여기서는 이케아가 가장 싼 가구라는 사실을 알게 되었다. 저렴하면서도 구색을 맞출 수 있는 방법이라 하나같이 이케아로 '선택된' 것이었다.

하루는 친구들과 함께 마드리드 근교의 이케아 매장을 찾았다. 주로 이불이나 베개처럼 부피가 커 한국에서 가져오지 못한 것들 위주로 골랐다. 어차피 학기가 끝나면 놓고 가거나 버리고 가야 할 테니, 그중에서도 가장 싼 걸로 택했다. 마침내 가지게 된 내 방을 꾸미는 취향 또한 '선택된' 것이었다. 내 맘대로 꾸며도 아무도 뭐라 할 사람 없었지만 집주인들이 이케아를 선택한 것처럼, 나의 선택 또한 이케아를 피해 갈 방법이 별로 없었다.

마지막까지 고민하다가 고른 이불 커버는 스페인의 정열을 닮은 빨간색이었다. 부모님과 함께 살 때는 경험해보지 못한 과감한 색상이었다. 소심한 반항의 결과로 나의 방 인테리어는 정해졌다. 빨간색은 이케아라는 한정된 선택지 안에서 선택할 수 있는, 나의 유일한 취향 같은 것이었다.

교환학생을 마치고 한국으로 돌아온 지 몇 년 지나지 않아, 이케아는 국내에 첫 매장을 열었다. 요즘도 종종 들러 쇼룸을 걷다보면 이불 코너에서 꼭 발길이 멈추곤 한다. 그리고는 젊은 날, 다섯 번째 집에 두고 온 새빨간 이불 커버의 추억을 떠올렸다.

열린 문 너머로 이어지는 삶

혼자 사는 집이든 여럿이 사는 집이든, 모든 집들은 저마다 여러 개의 문을 거쳐야 비로소 자신의 방까지 도달할 수 있다. 방 안에서도 서랍, 책장, 옷장에 이르기까지 또다시 작은 여러 개의 문으로 공간은 구획되고 이름 붙여진다. 그렇다면 집을 구성하는 수많은 크고 작은 문 중에서 가장 내밀한 마지막 문은 어디일까. 나는 다섯 번째 집을 떠올려보며 '냉장고 문'이라고 확신했다.

냉장고는 누구나 알다시피 잠겨 있지도 않고 여는 데 힘이 들 것도 없다. 그렇다고 무슨 비밀 금고처럼, 알려지면 안 되는 수상한 물건이 안에 가득한 것도 아니다. 하지만 그 문 너머에는 한 사람의 삶이 고스란히 드러나는 공간이 있다. 식생활과 습관에 의한, 철저하게 개인적인 선택과 취향에 의해 채워지는 물건들. 그래서 우리가 매일 여닫는 냉장고의 안쪽은 가장 친숙하면서도 은밀한, 집의 마지막 보루 같은 장소다. 그래서 남의 집에 가서 냉장고 문을 여는 건 대단한 실례였고, 시어머니가 아들 집 냉장고 문을 열어본다는 건 곧 고부 갈등의 시작을 의미했다.

최근 십여 년 만에 다시 돌아온 '냉장고를 부탁해'라는 한 예능 프로그램의 인기 또한 같은 맥락으로 이해할 수 있다. 인기 스타의 집에서 냉장고를 통째로 스튜디오로 옮겨와 공개하고, 그 안에 들어 있는 식재료들로 유명 셰프들이 즉흥적인 요리를 만들어 선보이는 기획은, 한국에서의 인기를 넘어 전세계로 포맷이 수출되기까지 했다. 감탄을 자아내는 완성된 요리를 보는 것도 만족스럽지만, 이 프로그램의 최고의 매력은 유명인의 냉장고를 열어 그 안에 무엇이 들어 있는지 살펴본다는 관음증적 순간에 있다.

다섯 번째 집에는 똑같이 생긴 두 대의 냉장고가 나란히 있었다. 일곱 명이 같이 쓰다보니, 한 대당 서너 명이 공간을 공유해야만 했다. 자연스럽게 냉장고를 열 때마다 다른 사람들의 물건을 들여다볼 수밖에 없는 구조였다. 우리는 칸을 공평하게 나누어 이름표를 붙이고 사용하기로 약속했다. 수평적으로 나란히 붙어 있는 각자의 방들처럼, 수직적으로 나란히 나눠진 냉장고 선반의 모습은 그 자체로 마치 작은 집의 풍경과도 같았다.

살림이 아직 서툴렀던 청춘들이 서로의 냉장고를 공유한다는 건 제법 실용적인 측면도 있었다. 예컨대 요리를 막 시작하고 나서야 쌀이나 채소처럼 자주 쓰는 식재료가 떨어졌다는 걸 알게 되었을 때에도 당황할 필요가 없었다. 여분이 있는 다른 친구의 칸을 확인하고, 물어보고 빌려 쓰면 그만이었다. 때로는 서로 다른 국적과 배경을 가진 친구들 덕분에 냉장고를 구경하는 재미 또한 있었다. 종종 처음 보는 낯선 향신료나 식재료가 등장하기라도 하는 날에는, 서로가 조금씩 나누어 써보며 각자의 요리와 문화에 대한 이야기꽃을 피우곤 했다.

가끔 다툼도 있었다. 하루는 술에 잔뜩 취한 한 친구가 말도 없이 다른 친구의 재료를 꺼내 술안주를 만들어 먹은 사건이 터졌다. 결국 실수했던 친구가 다음날 사과와 함께 같은 물건을 사다가 채워 놓으며 일단락되었다. 하지만 재료를 빼앗겼던 친구는 며칠 뒤 자기 방 안에 작은 냉장고를 하나 더 들여놓았다. 딱히 금전적으로 손해본 것은 없었으나, 아마도 나의 가장 내밀한 무언가를 침범당했다는 사실 자체에 적잖이 실망했던 모양이었다. 냉장고는 그런 의미였다.

학기 초만 해도 다들 하루 중 꽤 많은 시간을 요리하는 데 썼었다. 하지만 신선식품으로 가득 차던 공용 냉장고가 이내 반조리와 냉동식품으로 바뀌는 데에는 채 한 달도 걸리지 않았다. 점점 비어가는 친구들의 칸을 보며 건강이 걱정될 정도였다. 보다 못한 나는 한 번에 밥을 많이 지어, 한 끼 분량씩 랩으로 싸서 냉동실에 쟁여놓기 시작했다. 내가 없어도 언제든 꺼내 먹으라는 배려였다.

가장 내밀한 문을 열어 우리는 조금 더 가까워질 수 있었다. 꼭 만나지 않아도, 대화하지 않아도 냉장고를 통해 서로의 안부를 확인하고 생사를 확인했다. 그건 함께 살며 깨달은 우리만의 생존 방식이었다.

식구가 되는 공간

식탁

가족은 스페인어로 파밀리아Familia다. 동일한 철자의 라 틴어에서 유래했는데, 한 집안의 구성원 전체를 지칭하 는 '익숙한 사이'라는 뜻이다. 영어 패밀리Family의 어원 또한 같다. 중국어로는 자런家人, 일본어로는 가조쿠家族 라고 하는데, '집 가' 자를 통해 물리적으로 한 지붕 밑에 모여 사는 사람들이라는 뜻이다. 반면에 우리나라는 조 금 다르게 식구食口라는 표현을 쓴다. '먹을 식'에 '입 구', 밥을 같이 먹는 입. 다시 말해 한국 사람들에게 식구란 곧 밥을 같이 먹는 사이다.

밥을 같이 먹기 위해 꼭 필요한 공간은 다름 아닌 식탁 이다. 어린 시절에는 어느 집에 놀러가도 주방 한켠에 으

     다섯번째 집 • 셰어하우스

레 여섯 명 정도는 거뜬히 앉을 수 있는 멋드러진 원목 식
탁이 있곤 했다. 하지만 1인 가구가 늘어난 요즘 젊은이
들의 집에서는 작은 1, 2인용 식탁조차 찾아보기 쉽지 않
다. 집에서 누군가와 밥 먹을 일도 없는 데다가 자리까지
많이 차지하니, 아마도 그 필요성은 점점 더 희미해질 것
이다. 사라진 식탁을 대신하는 건 컴퓨터 책상이다. 배달
된 음식 너머로 유튜브와 넷플릭스가 기꺼이 '식구'를 자
처해 함께 밥을 먹어주는 풍경은 이제 제법 익숙하다.

다섯 번째 집 거실에는 의외로 꽤 큰 식탁이 있었다. 일
곱 명이 같이 살기는 해도 각자 생활 패턴도 성격도 제각
각이다보니, 처음엔 아무도 식탁을 쓰는 사람이 없었다.
마치 요즘의 한국 젊은이들처럼 요리가 끝나는 대로 냄
비째, 혹은 프라이팬째 각자의 방으로 음식을 가지고 들
어가 책상에서 먹는 게 자연스러웠다. 같은 집에 살긴 했
어도 서로 서먹서먹했던 것도 이유였다.

그렇게 한 달쯤 지났을까, 한 친구가 먼저 제안을 해왔다.
일주일에 한 번씩 식탁에 모여서 저녁을 다 같이 먹으면
어떻겠냐고. 기다렸다는 듯 모두가 흔쾌히 찬성했고, 당
번을 정해 한 명씩 돌아가면서 요리해 다른 친구들을 대

접하기로 약속했다.

다섯 번째 집에서 가장 썰렁하고 쓸모없던 식탁은 그때 부터 가장 중요하고 중심이 되는 공간이 됐다. 프랑스령 레위니옹 친구의 라타투이Ratatouille를 시작으로, 독일 친구들의 수제 햄버거, 스페인 친구가 만든 토르티야 데 파타타Tortilla de Patata, 그리고 내가 만든 김밥과 돈가스까지. 매주 일요일이면 저녁시간이 시작되기도 전부터 모여 앉아, 어떤 요리가 나올지 기대하며 들떠 있는 게 일상이었다. 이 멋진 전통은 무려 학기가 끝날 때까지 끊임없이 이어졌다. 우리는 매주 서로의 음식과 문화, 그리고 이야기를 나누며 비로소 친해질 수 있었다.

식탁이 더욱 빛을 발하는 때는 소위 피에스타Fiesta가 열리는 날이었다. 스페인 사람들은 놀기를 참 좋아해서, 매일 밤마다 친구들을 집으로 불러 상그리아를 마시며 파티를 즐긴다. 그럴 때마다 식탁은 훌륭한 뷔페 테이블로 변모하곤 했다. 일곱 명이 한 지붕 아래 살다보니, 각자가 일주일에 한 번씩만 친구들을 불러도 매일같이 파티가 열리는 셈이다. 네 명이 겨우 앉을 수 있었던 작은 식탁은 수십, 수백 명의 식구들을 만들어주는 멋진 공간이 되었다.

사실 식구라는 단어 자체에는 그 어디에도 정서적 유대감 혹은 물리적 경계의 의미가 담겨 있지 않다. 꼭 혈연일 필요는 당연히 없거니와, 친밀한 사이가 아니어도, 혹은 한 지붕 아래 같이 살지 않아도 식구가 될 수 있다는 뜻은 아니었을까. 나는 다섯 번째 집 식탁에서 식구라는 말의 의미를 비로소 깨달았다. 그 시절, 나와 함께 식탁에 앉아 밥을 먹었던 여러 나라에서 온 수많은 친구들은 모두 진정한 식구였다.

좁은 방에서 시작된 혼자만의 삶

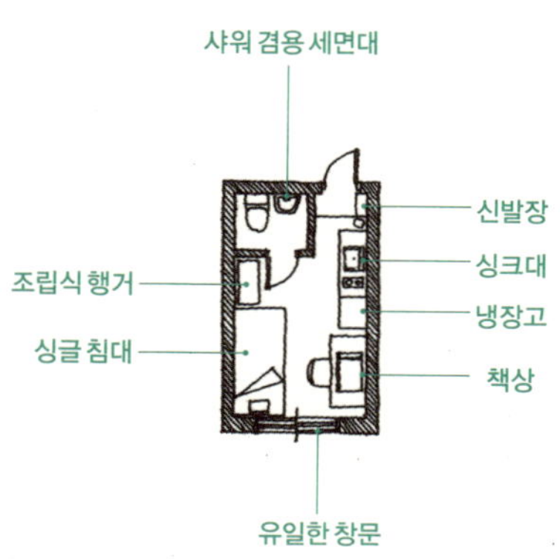

샤워 겸용 세면대
신발장
싱크대
냉장고
책상
조립식 행거
싱글 침대
유일한 창문
0
1
2
5m

좁은 방에서 시작된 혼자만의 삶

달콤했던 시간들은 한여름밤의 꿈처럼 순식간에 지나가 버렸다. 나는 네 번째 집으로 돌아와 복학을 하고 졸업을 했다. 곧바로 취직을 하게 된 첫 직장은 소위 아틀리에 Atelier라 불리는 소규모 건축사사무소였다. 부모님 집에서 함께 살며 회사를 다니는 삶은 사실 학교 다닐 때와 크게 달라진 게 없었다. 다만 야근과 철야가 잦은 건축사사무소 특성상, 학생일 때보다도 집에 있는 시간은 훨씬 줄었다. 스페인으로 떠나며 이미 한 번 정을 뗐던 집은 더욱 멀게만 느껴졌다.

집도 회사도 서울에 있었지만, 편도로만 무려 두 시간 가까이 걸리는 먼 길이었다. 버스를 타고 지하철역까지 가는 데만도 30분은 족히 걸렸다. 심지어 매일 지방에서 고속열차로 통근하는 상사가 나보다도 덜 걸릴 정도였다. 그러다보니 막차 시간에 가까워질 때까지 일하다보면, 아예 집에 다녀오길 포기하고 회사에서 자는 일도 잦았다. 어차피 집에 가면 금방 또 나와야 하니, 조금이라도 더 자는 게 낫겠다 싶어서였다. 그런 생활에 지쳐갈 즈음, 나는 다시 한 번 독립을 결심했다.

점심시간을 이용해 회사 근처 방을 구하러 다니기 시작했다. 다행히 근처에 대학교가 있어 방은 많았다. 금액에 따라 허름한 원룸부터 그럴싸한 오피스텔까지 선택지도 다양했다. 하지만 나는 최대한 싼 방을 구하기로 마음먹었다. 더 좋은 방을 구하지 않은 건, 주중에 잠만 자는 방으로 사용하고 주말에는 부모님 집에서 지낼 요량이었기 때문이다. 그래도 부모님은 만류하셨지만, 한 번 독립의 경험을 발판 삼아 자신 있게 네 번째 집을 떠났다.

마침내 구한 여섯 번째 집은 언덕 맨 꼭대기에 있는 원룸으로, 그 당시 주변에서 가장 싼 방이었다. 첫 번째 집과 비슷한 시기에 지어진 3층짜리 양옥의 반지하세대를 쪼개 세를 주는 형태였다. 1층에 거주하는 주인 할머니께서는 학생들보다 회사 다니는 세입자가 낫다며 은근히 나를 반기셨다.

방 안에는 화장실과 간이주방이 딸려 있었다. 그렇지만 화장실은 너무 좁아 샤워하다보면 세면대에 팔꿈치가 자꾸 부딪혔고, 주방은 현관에 걸쳐 있어 서서 뭘 해먹을 수 있는 곳이 못 되었다. 방 안도 침대와 책상 놓인 곳을 제외하고는 성인 한 명이 누울 공간조차 없이 좁았다. 사실상 주택으로 구색을 맞추기 위한 정도에 불과한 공간들이었다. 그나마 다행인 건 반지하였음에도 한쪽으로 제법 큰 창이 있다는 사실이었다. 물론 창 앞은 옹벽으로 가로막혀 빛이 들어오지도, 무언가 보이지도 않았지만 말이다.

우리나라 수도권 직장인의 평균 출퇴근 시간은 약 82분*으로 전국에서 제일 길다. 여섯 번째 집에서 생활이 시작되고 가장 큰 변화는 단연 출퇴근 시간이었다. 걸어서 15분이면 회사에 도착할 수 있었으니, 하루에 세 시간씩이나 더 생긴 셈이었다. 나는 이 소중한 시간을 허투루 보

* 통계청, 「통근 근로자 이동 특성 분석 결과」, 2024. 12. 20.

내지 않으려 부단히 노력했다.

여섯 번째 집은 그동안 길 위에 버려졌던 시간의 조각들을 모아 의미있게 쓸 수 있는 유일한 방법이었다. 그렇기에 좁고, 불편하고, 외로웠지만 견뎌낼 수 있을 것 같았다.

불완전한 삶과 사회가 만든 공간

반지하

퇴근할 즈음, 사무실에는 늘 나 혼자였다. 불 꺼진 회사 문을 닫고 나선 거리는 늘 술에 취해 들뜬 사람들로 북적이고 있었다. 그 길을 뚜벅뚜벅 가로질러 어두컴컴한 골목으로 들어서면 곧 인적이 드문 언덕길이 나왔다. 길은 숨이 턱턱 막힐 만큼 가팔랐다. 꼭대기에 다다를 즈음 왼쪽으로 작은 대문을 들어서면, 다시 십여 개의 계단을 도로 내려가야만 여섯 번째 집 현관문이 있었다. 마치 방금까지 걸어온 길의 표면 아래 더 깊은 곳으로 내려가는 기분이었다. 분명 땅 위에 서 있었지만, 땅속에 있는 것만 같았다.

모든 게 반지하에서 비롯된 일이었다. 사실 건축법에 '반

지하'라는 말은 없다. 건축물대장상 '지하층' 혹은 '지층'
만 존재할 뿐이다. 여섯 번째 집 현관문에 붙은 '101호'라
는 작은 푯말만이, 애써 이곳이 지하가 아니라고 주장하
고 있을 뿐이었다. 앞에 '반'이라는 말을 붙인 것도 모자
라 아예 지상층의 번호를 부여해버린 것이다. 어떻게든
지하의 부정적인 이미지를 덜어내려는 의도였다.

주택에 지하실이 처음 등장한 건 1968년 '김신조 사건'
이후였다. 무장공비가 서울 한복판까지 내려왔다는 사
실에 대한민국은 발칵 뒤집혔다. 정부는 서둘러 건축법
을 개정했다. '인구 20만 명 이상의 도시에 지상층 연면적
200제곱미터 이상의 건축물을 지으려면 지하층을 만들
어야 한다'는 조항을 추가했다. 즉 지하실의 본래 목적은
사람이 살거나 세를 주기 위한 것이 아니었다. 앞으로도
있을지 모르는 상황에 대비한 방공호, 혹은 유사시 대피
를 위한 여분의 공간이었다.

이후 법이 개정되어 지하실이 필수였던 조항은 사라졌
다. 하지만 새로 지어지는 주택에는 여전히 지하실이 있
었다. 그 이유는 층수 제한 때문이었다. 당시 주택은 법적
으로 2개 층 이상 만들 수 없었는데, 지하실은 이 층수에

포함되지 않았다. 집주인 입장에서는 이왕 짓는 김에 층수에도 산입되지 않는 지하실을 만들지 않을 이유가 없었다. 그래서 특별한 용도와 목적이 없음에도 주택에는 늘 지하실이 있었다.

이후 서울은 급속도로 팽창했다. 학교와 일자리도 서울로 집중되기 시작했다. 전국 각지에서 몰린 사람들로 주택은 늘 부족했다. 말 그대로 남는 공간이었던 지하실에 사람들이 들어가 살기 시작했다. 집주인들은 너도나도 지하실을 개조하여 정식으로 세를 주기 시작했다. 시대적 변화에 맞추어 정부는 법을 개정해 지하실을 합법적인 주거공간으로 인정했다. 그리고 집주인은 이왕이면 세가 더 잘 나가라며, 지하 앞에 '반'이라는 한 글자를 추가했다. 반지하의 탄생이었다.

그러고보니 첫 번째 집에도 반지하가 있었다. 비가 억수로 퍼붓는 날이면 반지하 세대로 물이 넘칠 때도 있었다. 집주인이었던 할아버지는 한 손엔 랜턴, 다른 한 손엔 바가지를 들고 늦은 밤까지 아랫집을 들락날락거리셨다. 당시 어린 나이긴 했어도, 이런 집에 산다는 것이 그렇게 좋은 일만은 아니라는 것 정도는 알 수 있었다. 그랬던 내

가 반지하의 세입자가 되어 있으니, 잠깐 사는 집이라고
는 해도 기분이 영 이상했다.

반지하주택은 이제 영영 역사 속으로 사라지게 되었다.
2024년 말 건축법이 개정되며 더 이상 대한민국에서는
지하층에 거실[*]을 설치할 수 없게 되었기 때문이다. 법이
변하면 삶도 변한다는데, 반지하는 사라지지만 우리의
삶은 정말 나아졌을까.

* 사람이 거주하는 목적의 실. 주차장, 보일러실, 복도 등은 법적으로 거실(居室)
  이 아니다.

소리를 넘어 이어지는 존재들

벽

여섯 번째 집의 반지하에는 무려 네 명이나 살고 있었다. 원래 한 집이었던 것을 벽으로 나누어 네 개의 원룸으로 만든 것이다. 공동현관을 지나면 두 사람이 어깨를 비켜 서도 지나가기 어려울 정도로 좁은 복도가 있었고, '101 호'부터 '104호'까지 숫자가 붙어 있는 네 개의 현관문은 반대편 문에 닿지 않고서는 도저히 열 수 있는 방법이 없을 것처럼 다닥다닥 붙어 있었다. 하지만 실제로 문이 동시에 열리는 일은 거의 없었다.

일반적으로 벽은 시멘트로 만든다. 시멘트에 골재를 섞고 철근을 넣어 거푸집에 부어 굳히면 철근콘크리트벽이 되고, 시멘트를 따로 굳혀 만든 벽돌을 한 장씩 쌓아 올리면 조적벽이 된다. 공사하기 위해서는 재료에 물을 섞어야만 하기에 이를 '습식 공법'이라고 부른다. 물에 개어져 걸쭉했던 시멘트가 딱딱하게 굳으며 작은 구멍들이 메워지고, 재료들끼리 일체화가 된다. 빈틈이 없어 소리나 냄새, 화재를 막는 데에는 효과적이지만, 그만큼 무겁고 쉽게 변경하거나 해체하기가 어렵다.

반면 가벽, 일명 건식벽은 공사할 때 물을 쓰지 않는다. 마치 가구를 조립하듯이 아랫부재와 윗부재를 가로로 놓고, 이를 연결하는 세로의 뼈대를 세운다. 뼈대의 양쪽으로는 석고로 만든 얇은 판이 붙는데, 판과 판 사이에는 글라스울이라는 유리섬유 소재의 흡음재를 채우는 게 원칙이다. 하지만 대충 넣거나 빼먹는 일도 종종 있었다. 설사 밀실하게 채운다 할지라도, 소리를 완벽하게 막아내기엔 습식 공사보다는 아무래도 불리하다. 그럼에도 시공의 편의성과 가역성 때문에 오래된 집을 리모델링할 때는 물론이고, 새로 짓는 대형 오피스텔에서도 세대경계벽을 건식벽으로 하는 경우가 있었다.

서류상으로 한 집인 것을 넷으로 나누는 유일한 경계는 가벽이었다. 불법으로 급하게 공사한 티가 역력한, 언제

여섯번째 집 · 원룸

든 원상 복구를 할 수 있도록 임시로 애매하게 막아놓은 정도에 불과했다. 그러다보니 옆방과 내 방의 삶 또한 애매하게 하나로 이어져 있는 것만 같았다. 가벽은 옆방의 가벼운 기침소리조차 막아내지 못했다. 듣고 싶지 않아도 또렷하게 들리는 통화 내용이나 음악 소리 덕분에, 얼굴 한 번 본 적 없는 옆방 이웃의 구구절절 인생사나 취향까지 훤히 알게 되었다.

벽을 통해서 전달되는 것은 소리뿐만이 아니었다. 컴퓨터가 켜져 있는 동안에는 키보드를 두드리는 타격감은 물론, 팬이 돌아가는 미세한 진동까지 벽을 타고 전해져왔다. 저녁 시간에 요리하는 냄새와 열기 또한 은은하게 벽 너머로 넘어왔다. 한 번도 들어가본 적 없는 옆방의 주방 위치가 머릿속에 훤히 그려질 정도였다.

머리로만 인식하고 있던 서로의 존재를 인정하게 된 건 어느 여름밤의 일이었다. 여느 때처럼 벽 너머로 들려오는 옆방 이웃의 선곡 리스트 중에 익숙한 노래가 들려왔다. 그 순간, 나도 모르게 입으로 노래를 따라 부르고 말았다. 순간 음악 소리는 툭 끊어졌고, 이내 벽 양쪽으로 긴 침묵이 이어졌다. 그 이후 웬일인지 한동안 옆방에서는 음악 소리가 들리지 않았다.

얼마 못 가 옆방 이웃은 이사를 가버렸다. 그게 나 때문이었는지는 끝내 알 수 없었다. 벽은 넘고, 허물어야 꼭 좋은 것만은 아니다. 가끔은 우리가 타인과 온전히 공존하기 위해 반드시 필요한 최소한의 경계이기도 하다.

집을 대신하는 도시의 공간

우리나라에는 '최저 주거기준'이라는 게 있다. 주택법 아래 국토부 고시로 최소 주거면적, 필수적인 설비, 환경 기준 등을 정하고 있는데, 이에 따르면 1인 가구의 최소 주거면적은 14제곱미터, 약 4.2평이다. 이 면적은 2011년 단한 차례 개정된 이후 아직까지 바뀌지 않고 있고, 그마저도 2004년 처음 만들어질 당시에는 12제곱미터, 약 3.6평에 불과했다. 이렇다보니 최근 들어 급격히 변하는 인구 구조나 가구 특성이 주거기준에 전혀 반영되고 있지 못하다는 비판이 많다.

관련하여 최근 한 청년주택의 평면도가 인터넷 커뮤니티에서 화제가 된 적이 있다. 한눈에 보아도 너무 작은 집들의 도면을 보며 누리꾼들은 아무리 저렴한 임대주택이라고 해도 너무하다며 분노를 표현했다. 최소 주거면적을 가까스로 맞춰 만들어졌기 때문이다. 심지어 이 면적 안에는 주방이나 화장실도 포함되어 있는데, 이를 제외하고 나면 사실상 순수하게 남는 개인 공간은 10제곱미터, 약 3평 정도에 불과했다. 여섯 번째 집의 반지하방과 정확히 같은 크기다.

여섯 번째 집은 크기도 작았지만 원룸이다보니, 공용공간 없이 모든 생활은 방 한 칸에 집중되었다. 딸려 있는 간이 주방은 요리할 일이 없어 방치되다시피 했고, 싱크대 상부장은 부족한 책꽂이를 대신해 쓰였다. 화장실은 너무 작아 세면대 수도꼭지와 샤워기가 일체형으로 되어 있었고, 벽에 달린 작은 환풍기는 성능이 나빠 잠깐의 샤워만으로도 침대까지 흠뻑 습기를 머금게 만들었다. 다섯 번째 집 셰어하우스에 살 때 공용 거실과 화장실, 부엌과 냉장고를 공유해 함께 쓰던 경험을 떠올릴수록, 작은 반지하방은 더욱 좁게만 느껴졌다.

그래도 이 작은 방에서의 생활이 가능했던 이유는, 역설적으로 집 밖에 있는 근린생활시설 덕분이었다. '근린'이라는 말은 가까운 이웃이라는 뜻이다. 줄여서 '근생'이라 불리는 건물들에는 밥집, 빵집, 카페, 세탁소, 노래방 같은 일상생활에 밀접한 시설들이 있다. 이름 그대로 주거 지역에서 생활의 편의를 도와주는 시설들이다. 세탁소는 세탁기를 대체했고, 편의점은 냉장고 역할을 했다. 근처 식당과 분식점은 주방과 식당을 대신해주었다. 대부분이 원룸인 동네에서 근린생활시설들은 집 주변으로 이웃처럼 가까이 붙어, 집의 모자란 부분들을 채워주는 역할을 훌륭히 수행했다.

근린생활시설의 개념은 1920년대 미국의 도시계획가 클라렌스 페리Clarence Perry가 제안한 근린주구 이론에서 그 뿌리를 찾을 수 있다. 페리는 학교를 중심으로 반경 400~800m 이내에 모든 생활시설이 배치된 설계를 이상적인 주거 환경으로 보았다. 가까운 거리에서 생활의 편리성과 쾌적성, 주민들 간의 사회적 교류 등을 도모할 수 있도록 조성된 물리적 환경의 개념은, 집 내부의 부족한 기능을 외부 공간에서 보완할 수 있는 가능성을 열어준다. 여섯 번째 집에서의 생활은 학교에서 책으로만 배웠던 도시 이론을 매일의 삶에서 겪어가며 몸으로 깨닫게 해준 소중한 경험이었다.

집 근처 수많은 근린생활시설 중, 가장 유용했던 건 다름 아닌 놀이터였다. 걸어서 3분 거리의 오래된 놀이터에는 약간의 풀과 나무, 그리고 작은 정자가 있었다. 퇴근 후 덥고 축축한 방 안에서 답답함을 느낄 때마다 나는 그곳을 찾았다. 밤늦은 시간, 놀이터에는 아이들을 대신해 내 또래의 이웃들이 있었다. 저마다 앉아서 바람을 쐬거나 통화를 하며, 각자의 방법으로 작은 방으로부터 탈출해 외로움과 답답함을 달랬다. 서로 눈을 마주치거나 인사를 하는 일은 결코 없었지만, 비슷한 이유로 같은 장소를 찾는다는 사실에서 묘한 연대감마저 느꼈다.

건축가 르 코르뷔지에는 카바농Cabanon이라는 집을 짓고 그곳에서 말년을 보냈다. 거대한 공동주택, 아름다운 성당, 장엄한 수도원, 기념비적인 국회의사당까지, 당대를 풍미하며 역작을 남겼던 그가 죽음을 맞이했던 집의 크기는 최저주거기준을 조금 넘는 고작 5평에 불과했다.

남프랑스 한적한 바닷가에 위치한 카바농의 창밖으로는 넘실대는 지중해가 끝없이 펼쳐져 있었다. 한 위대한 건축가의 삶을 담기에 이 작은 집이 충분했던 건 그 안의 공간이 충분해서만은 아니었을 것이다. 오늘날 우리 삶을 담는 공간 또한, 집 안을 넘어 도시 곳곳에 펼쳐져 있다.

계절과 생활이 남긴 흔적

곰팡이

새벽 2시, 야근을 마치고 녹초가 되어 반지하 방으로 터덜터덜 돌아왔다. 출퇴근 시간을 줄여 뭐라도 더 해보려던 애초 계획과는 달리, 하필이면 일이 더 바빠졌다. 설상가상 평소 안 하던 빨래나 청소 같은 집안일까지 직접 해야 하니 몸은 늘 천근만근이었다. 그날도 샤워만 얼른 마치고 단 몇 시간이라도 단잠을 청할 생각에 얼른 침대에 몸을 뉘였다. 피곤에 절어 축 늘어진 팔이 침대와 벽 사이 틈새로 들어갔다. 순간 축축하고 미끈한 것이 만져졌다. 화들짝 놀라 불을 켜고 보니 곰팡이였다. 잠이 확 달아났다.

서둘러 침대를 옆으로 옮기자, 가구와 벽 사이로 곰팡이가 가득했다. 곧바로 걸레에 세제를 묻혀 벅벅 닦아댔다. 다행히 벽지는 급한 대로 어느 정도 수습이 됐지만 이불은 싱크대 아래 자그마한 세탁기로는 어림도 없었다. 근처 코인 빨래방으로 이불을 바리바리 싸들고 가, 아닌 밤중에 빨래를 했다. 건조기가 끝날 무렵엔 이미 멀리 동이 트고 있었다. 그렇게 뜬눈으로 밤을 지새고 나는 다시 회사로 출근했다.

점심시간이 되자마자 끼니도 거르고 다시 집으로 돌아와, 온 집 안 물건을 다 들어냈다. 옷이며 신발, 심지어 책이나 필기구까지 온통 곰팡이였다. 반지하에 한 번도 살아본 적 없는 나의 완전한 실수였다. 수습해보려고 안간힘을 썼지만, 그 특유의 냄새만큼은 빨아도 빨아도 지워지지 않았다. 결국 집 안의 모든 물건들을 버려야만 했다.

사계절 기후 변화가 극심한 우리나라 집들은 곰팡이에 취약하다. 실제로 곰팡이 포자는 우리가 매일 숨 쉬는 공기 중에 늘 존재한다. 평소에는 눈치채지 못하지만, 높은 온도와 습도라는 조건이 충족되면 어김없이 모습을 드러낸다. 그해 따라 유난히 덥고 습한 여름 날씨에 창문까지 꼭꼭 닫아두고 출근하곤 했었다. 게다가 방 안에는 잘 마르지 않는 빨래까지 잔뜩 널려 있었다. 말 그대로 집 안에 곰팡이를 키우려고 작정한 꼴이었다.

겨울이라고 해서 자유로운 것도 아니다. 흔히 발생하는 결로 또한 곰팡이를 유발하는 습기의 원인이 되기 때문이다. 결로는 공기 중의 수증기가 일정 온도 이하의 벽이나 천장을 만나면 응결되어 물방울로 맺히는 현상이다. 흔히 단열이 잘 안 되어 있거나 낡은 창호가 달린 오래된 집에서 자주 발생하는데, 여섯 번째 집도 아마 그랬을 것이다.

곰팡이나 결로는 계절에 따른 집의 문제이지만, 그 집에 사는 사람의 생활습관과도 밀접한 연관이 있다. 아무리 잘 지어진 집이라도, 내가 그랬듯 한여름에 문을 꼭 닫아두고 좁은 방 안에 빨래까지 널어두는 사람은 곰팡이를 피하기가 쉽지 않다. 마찬가지로 한겨울에 문을 꼭 닫아두고 가습기를 항상 켜놓는 집은 결로가 많이 생길 수밖에 없다. 집을 탓하기 전에 내 스스로를 돌아보지 못한 나의 잘못도 컸다.

다행히 그 집에서 결로까지 경험하는 일은 없었다. 그해

겨울이 오기 전, 결국 네 번째 집으로 돌아왔기 때문이
다. 그리고 이듬해, 나는 마지막으로 한 번 더 집을 나왔
다. 이번엔 결혼이었다.

새것보다 더 좋은 따뜻한 기운

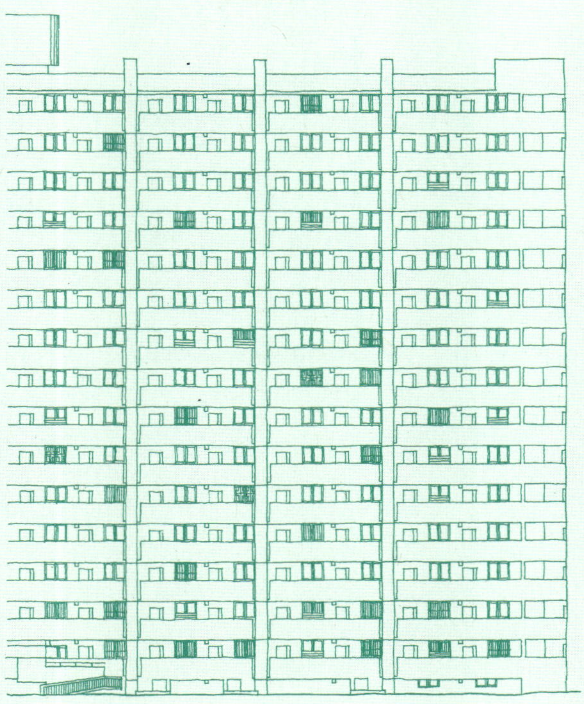

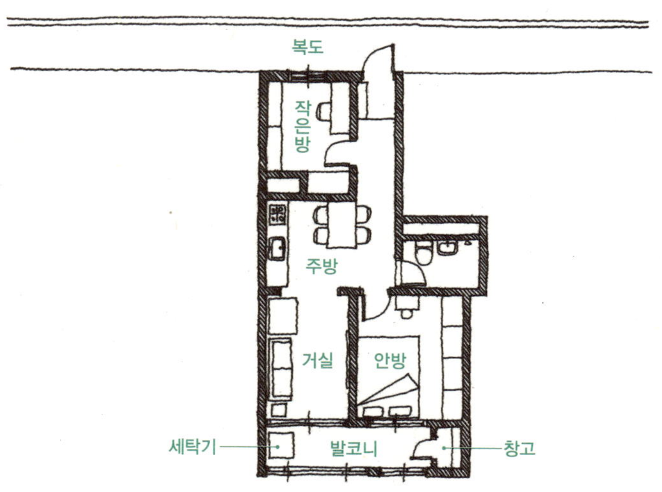
복도
작은방
주방
거실
안방
세탁기
발코니
창고

현실과 이상 사이에서

구축 아파트

합계출산율 0.75명[*]. 저출생 사회의 이면에는 결혼하지 않는, 혹은 못하는 젊은이들의 현실이 숨어 있다. 평균 결혼 비용 2억 9,748만 원 중 80%[**]는 집값이다. 둘만 좋으면 단칸방에서도 알콩달콩 잘 산다는데, 서울에서는 그 단칸방조차 비쌌다. 그래서 신혼집을 구하는 건 곧 결혼 준비의 시작이자 끝이었다. 누가 그랬던가, 결혼을 준비하며 집을 구하기 시작하는 순간 알게 된다고. 하늘 아래 저 많은 집 중에 나의 집은 없다는 사실을.

[*] 통계청, 「인구동향조사」, 2024.
[**] 듀오, 「최근 2년 내 혼인한 신혼 부부 1천 명 대상 조사 결혼비용」, 2024.

월급을 아껴가며 각자 모은 돈과 부모님의 감사한 도움, 거기에 대출을 더해봐도 빠듯한 예산이었다. 게다가 그 안에서 혼수며 식까지 준비해야 하니 집에 쓸 수 있는 돈은 한정적이었다. 가전제품이야 몇 개 빠질 수도 있지만 집 없이 결혼한다는 건 생각하기 어려운 일이었다. 마음에 쏙 드는 운명 같은 집을 찾을 때까지, 남들보다 발품을 조금 더 팔아보는 수밖에 없었다.

결혼하기로 마음먹은 날부터 곧장, 인터넷을 통해 비슷한 금액대의 집을 빠짐없이 살피기 시작했다. 각자 살던 동네를 중심으로 익숙한 주변으로 확장해가며 집을 찾았다. 회사를 다니는 틈틈이 부동산을 통해 실제 매물도 많이 보러 다녔다. 열심히 보다보면 집을 구하는 노하우도 생기고, 좋은 집을 만날 확률도 높아질 거라는 생각에서였다. 그렇지만 당시 예산으로 서울에서 구할 수 있는 전셋집은, 솔직히 말해서 지하철역에서 꽤 먼 낡은 빌라뿐이었다.

의외로 예산에 맞는 신축 빌라들도 있었다. 하지만 말만 신축이지, 오히려 공간 측면에서는 장점이 별로 없었다. 좁은 땅에 가격에 맞춰 억지로 집을 만들어내다보니, 사

    일곱번째 집 · 구축 아파트

진으로 보는 것과 실제 가서 보는 것의 차이가 꽤 컸다. 너무 작아 쓸모가 없는 방이라든지, 현관을 통해서만 들어갈 수 있는 화장실, 앞에 다른 빌라가 막고 있어서 아무것도 보이지 않는 거실 같은 모자란 부분들이 못내 마음에 걸렸다.

그나마 위안이 되었던 건, 당시 한창 유행이던 구축 리모델링 열풍이었다. 낡은 집을 리모델링해서 근사한 신혼집으로 만든 동료 건축가들의 이야기도 잡지나 인터넷에서 자주 보였다. 오래된 집을 고쳐 새로운 가치를 불어넣는 건 회사에서 매일같이 하는 나의 일이기도 했다. 그러니 꼭 새집이 아니어도 괜찮았다. 그럼에도 불구하고 마음에 딱 드는 집은 좀처럼 나타나지 않았다. 어느새 결혼식 날짜는 가까워지고 있었다.

그러던 어느 날, 부동산으로부터 한 통 전화를 받았다. 금액에 맞는 구축 아파트가 하나 있는데, 마지막이라고 생각하고 한번 가보면 어떻겠냐는 제안이었다. 잠시 후 받은 문자 메시지에는 주소가 하나 찍혀 있었다. 난생처음 들어보는 동네였다.

고립된 섬, 새로운 동네의 발견

평생 서울에 살았어도 처음 보는, 낯선 동네였다. 사람들은 이곳을 '섬'이라는 별명으로 불렀다. 별명의 이유는 단순했다. 삼각형으로 생긴 동네 전체가 하천, 간선도로, 지상철도로 세 변이 막혀 있어 완전히 고립된 형상을 하고 있었기 때문이다. 육교를 통하지 않고는 그 어느 방면으로도 나갈 수 없는, 말 그대로 육지 속의 섬이었다.

집을 보러 가는 날에도 지하철에서 내려 육교를 따라 간선도로를 건너고서야 비로소 동네에 들어설 수 있었다. 그런데 마지막 계단 한 발자국을 디디는 순간, 방금 전까지 발밑으로 시끄럽고 빠르게 다니던 차들의 모습은 사라지고 조용하고 평화로운 풍경이 눈에 들어왔다.

고립되었다는 건 안에 있는 사람이 나가기도 힘들지만, 반대로 바깥사람들이 안으로 들어오기도 어렵다는 뜻이기도 했다. 집을 보여주며, 부동산 아주머니는 그래서 이 동네에는 도둑이 없다고 했다. 목적 없이 그저 지나치는 이방인도 없고, 사는 사람들끼리는 서로 얼굴을 다 알기 때문이라는 것이다. 옛날 산골 마을에서나 들을 법한 이야기를 21세기 서울 한복판에서 들으니 생경했지만, 집을 보기도 전에 동네의 사연과 분위기가 묘하게 마음을 끌었다.

보기로 한 집은 내가 태어난 해에 지어진 두 동짜리 구축 아파트였다. 그러고보니 주변에는 이상할 정도로 아파트만 가득했다. 분명 오래된 동네라고 들었는데, 동네 전체가 아파트 단지로만 이루어져 있었다. 바로 옆으로 간선도로 하나만 건너도 저층 빌라가 밀집한 전형적인 노후 주거지가 펼쳐지고 있는 것과는 대조적이었다.

동네 중심에 있는 사거리에는 신호등이 없었다. 차도 사람도 다들 너무나 자연스럽게 알아서 눈치껏 길을 건넜다. 어차피 동네 사람들 말고는 외부인이 이용할 일 없는 교차로니 그래도 되는 모양이었다. 내 눈에는 이것조차

동네 분위기와 묘하게 어울려 보였다. 이런 작은 요소들
이 모여 낯선 곳에서의 긴장감마저 조금씩 풀어주고 있
었다.

단 한 대뿐인 엘리베이터와 긴 복도를 거쳐, 보기로 했던
집에 도착했다. 안에서는 아기엄마가 어린 딸에게 한창
저녁을 먹이는 중이었다. 같은 동네에 있는 바로 옆 친정
엄마 집으로 이사해 들어간다고 했던 것 같다. 독특한 동
네 분위기에 매료되어서인지 이미 내 마음은 기울어 있
었다. 이전 세입자가 같은 동네 안에서 이사를 간다는 점
도, 이곳이 꽤 살기 좋은 동네라는 방증으로 들려 마음
이 더욱 놓였다.

나는 곧바로 계약을 하기로 했다. 집을 구하는 내내 한
번도 생각해본 적 없는 동네, 한 번도 상상해본 적 없는
아파트였지만, 그것마저 운명처럼 느껴졌다. 그렇게 긴긴
집 구하기 여정은 마침표를 찍었다.

깨끗하게 도배를 하고 나니 그럭저럭 괜찮았다. 텅 빈 거
실 너머 창밖으로는 땅 위를 달리는 지하철과 간선도로
를 가득 메운 차들의 불빛이 반짝였다. 아내는 그럴듯한

풍경은 아니어도, 아직 젊은 우리가 살기에는 제법 도시
적이고 괜찮지 않냐며 내 어깨를 가볍게 두드렸다.

삶과 사람이 스치는 공간

프랑스의 지리학자 발레리 줄레조Valérie Gelézeau는 일찍이 우리나라를 '아파트 공화국'이라고 명명했다. 아파트의 나라답게, 우리나라의 아파트들은 모양과 형식에 따라 손쉽게 구분된다. 먼저 모양을 보면 세대가 '一자' 형태로 나란히 붙은 '판상형'과, 엘리베이터 코어를 중심으로 'ㅁ자', 'X자', 'Y자' 형태로 모여 있는 '탑상형'이 있다. 형식에 따라서는 코어와 접하는 방법에 따라 '복도식'과 '계단식'이 있다. 각각을 조합한 '판상형-복도식', '탑상형-복도식', '판상형-계단식', '탑상형-계단식' 네 가지 유형에 거의 모든 아파트가 해당이 되고, 간혹 이를 부분적으로 조합한 '복합형'도 있다.

초창기 우리나라 아파트 풍경을 주도했던 단지들의 모양은 대부분 판상형이었다. 판상형은 모든 세대를 남향으로 배치하여 채광이 잘 되고 맞통풍도 가능했지만, 외관이 단조로운 단점도 있었다. 흔히 말하는 '성냥갑 아파트'가 판상형의 다른 이름이다. 이후 고급 주상복합의 등장을 필두로, 판상형보다는 탑상형이 고급스럽다는 인식이 강해졌다. 형식 면에서는 계단식을 더 선호하지만, 소형 주택은 여전히 복도식도 흔하다.

일곱 번째 집은 '판상형-복도식' 아파트였다. 엘리베이터를 중심으로 'T자'형 세 줄기의 복도를 따라 한 층에 무려 17세대나 있었다. 집에 들어가려면 엘리베이터에서 내려 다섯 집을 지나야 현관문이 나왔고, 그 뒤로도 두 집이 더 있었다. 복도식 아파트가 선호되지 않는 가장 큰 이유는 프라이버시 문제다. 아무래도 한 층에서 한두 집만 마주치는 계단식과 달리, 복도식은 좋든 싫든 내 집으로 가기 위해 다른 여러 집의 현관과 창문 앞을 지나야 하기 때문이다.

일곱 번째 집의 이웃들은 한겨울을 빼고는 현관문을 아예 열어놓고 사는 집도 많았다. 그러다보니 다른 집 앞을 지날 때면 의식해서 고개를 아래로 푹 숙이고 걸어도, 열려 있는 현관문 너머로 그 집의 분위기를 대강 짐작할 수 있었다. 현관에 먼지 한 톨 없이 깔끔한 집이 있는가 하면, 문 뒤쪽까지 모자나 잡동사니들을 주렁주렁 매단 집도 있었다. 똑같은 모양의 집이라고 해서 삶도 똑같은 건 아니었다. 사는 사람들의 생활 방식과 개성은 살짝 열린 문틈을 통해서조차 복도를 향해 고스란히 드러났다.

복도를 통해 전해지는 건 풍경만은 아니었다. 엘리베이터에 가까운 쪽 이웃집의 작은방 창문은 계절과 관계없이 늘 살짝 열려 있었다. 집에 가기 위해서는 반드시 그 앞을 지나가야 했기에, 자연스럽게 옆집 저녁 메뉴를 알게 될 정도였다. 때로 무얼 먹을지 아이디어가 떠오르지 않을 때면 옆집 메뉴를 참고하기도 했다.

엘리베이터에서 먼 쪽 이웃집 현관 앞에는 어느 날 작은 화분이 하나 놓였다. 어차피 그 너머로 갈 일도 없으니 나 역시 크게 신경 쓰지 않았는데, 언제부턴가 그 화분이 퇴근하는 날 반겨주는 듯한 느낌이 들었다. 마침내 꽃이 피어난 그 화분을 보며, 반복되는 일상 속에서 마주하는 작은 행복을 느끼기도 했다.

복도는 연결과 단절의 이중적인 특성을 지닌 공간이었
다. 문 앞의 풍경과 냄새, 작은 화분 하나를 통해 우리는
서로의 삶이 스치고 있음을 느낄 수 있었다. 현관문들은
서로를 향하지 않고 허공을 향해 열려 있었지만, 복도라
는 길 위에서 결국 하나로 이어지고 있었다.

도시의 거실, 모두의 마당

한강

'아파트 이름 길라잡이'라는 흥미로운 이름의 책이 있다. 2004년 서울시에서 발간한 것인데, 우리말을 해치고 뜻을 알 수 없어 생활에 불편을 주는 이름을 지양하고, 부르기 쉬운 아파트명이 자리잡도록 돕겠다는 취지에서 만들어졌다고 한다. 실제로 우리나라에서 가장 긴 아파트 이름은 전남 나주에 있는 것으로, 무려 25글자나 된다. 아파트 이름을 외우지 못해 택시에서 우물쭈물댔다는 한 할머니의 일화는 이제 더 이상 남의 이야기만은 아니다.

아파트 이름이 길어진다고 해서 아무 단어나 붙지는 않는다. 주로 그 아파트가 자신 있게 내세울 만한 것들을 표방하는데, 가장 흔한 건 자연환경이다. 바다가 가까우면 '오션', 공원이 가까우면 '파크', 산이나 숲이 가까우면 '포레', 호수가 가까우면 '레이크' 같은 식이다. 도심지 큰 도로를 접하고 있으면 '센트럴'이나 '센텀', 학군이 좋은 경우엔 '에듀'가 붙기도 한다. 근처에 특별한 것이 없어 애매한 경우에는 아파트가 먼저 생긴다고 해서 '더 퍼스트'를 붙인다는 유머까지 있을 정도다.

그렇다면 서울 아파트에서 가장 많이 붙고, 붙이고 싶은 이름은 무엇일까. 바로 '리버'다. 한강이 보이든 보이지 않든, 조금만 한강 쪽을 향하고 있어도 어김없이 '리버'라는 이름이 붙는다. 언제부턴가 소위 '한강뷰'는 고급 주거의 상징이자 성공한 삶을 대표하는 수식어처럼 되어버렸다. 사실 한강은 서울 시내에만 해도 무려 30개가 넘는 크고 작은 지류가 있다. 그러니 서울에 있는 집 치고 한강과 연관이 없는 집을 세는 게 더 빠를지도 모른다. 의식하지는 못해도, 한강은 생각하는 것만큼 극소수만의 전유물도 아니라는 뜻이다.

그럼에도 불구하고 '한강뷰'라는 말 속에는 바라보는 것 외에 딱히 관계를 가지기 어렵다는 속뜻도 숨어 있다. 세계적으로 천만 인구가 넘는 메트로폴리스 중, 한강만큼 큰 강을 끼고 있는 도시는 서울을 제외하면 손에 꼽을 정도다. 게다가 한강은 남북으로 거대한 간선도로에 막혀 있기까지 해서, 접근하려면 육교나 지하도를 통하는 수밖에 없다. 그러니 강물 가까이 손에 닿을 듯 펼쳐지는 아름다운 건물과 서정적인 풍경보다는 멀리서 바라보는 것에 더 익숙해진 것일지도 모른다.

한강은 큰 규모만큼이나 계절에 따른 유량의 변화도 극심하다. 그래서 한강과 지류들은 이를 처리하기 위해 물이 차오르도록 설계된 고수부지가 도시와 강 사이에 필연적으로 존재해야만 한다. 다분히 기능적인 이 빈 공간은 함부로 개발할 수 없기에, 장마철을 제외하고는 늘 공원이나 녹지일 수밖에 없다. 덕분에 강 주변은 높은 밀도의 도시와 대조되는 풍경을 이루며, 도심 속 거대한 자연환경으로 남을 수 있었다.

일곱 번째 집은 한강의 대표적인 지류 중 한 곳과 인접해 있었다. 동네로 들어오기 위한 육교를 반대로 건너면 곧장 고수부지로 연결됐다. 매일 저녁식사를 마치고 강으로 나오는 게 일상이었다. 작고 답답한 거실을 대신해 넓고 시원한 강가에 앉아 수다도 떨고 책도 읽었다. 때때로 반려견을 산책시키거나 자전거를 탈 때면 강은 훌륭한 마당이 되기도 했다. 비록 창밖으로 강이 보이는 집은 아니었어도, 가까이 있다는 것만으로도 강은 우리의 삶을 충분히 풍요롭게 만들어주었다.

쉽게 부서지고 금세 바뀌어버리는 도시에서 강은 오랜 세월에도 변하지 않는 거의 유일한 풍경이다. 덕분에 한강은 모두의 거실이자 마당으로서, 퍽퍽한 도시의 삶에 작은 숨통을 틔워주고 있다.

윗집과 아랫집의 불편한 동거

최근 개봉한 영화 〈84제곱미터〉는 영끌한(영혼까지 끌어모아 산) 국평(국민평형) 아파트에서 층간 소음을 두고 벌어지는 사건을 다룬 스릴러물이다. 감독은 인터뷰를 통해, 자신이 직접 경험했던 층간 소음의 스트레스로부터 이 작품을 시작할 수 있었다고 밝혔다. 실제로 영화의 배경이 되는 2021년은 층간 소음으로 인한 각종 사건사고가 유난히 많았던 해였다. 층간 소음이라는 지극히 현실적이면서도 공포스러운 소재로 영화는 큰 주목을 받았다. 영화를 다 본 후, 나에게도 한동안 잊고 있던 기억이 떠올랐다.

일곱 번째 집으로 이사 온 지 채 일주일도 안 된 어느 날

새벽의 일이었다. 야심한 밤, 침대에 누워 잠을 청하려는 순간, 쓰윽 쓰윽 날카로운 소리가 귀를 찔렀다. 이후 새벽까지 계속되는 머리가 쭈뼛 설 정도의 이상한 소리에 거의 뜬눈으로 밤을 새워야만 했다. 뿐만 아니라 쿵쿵대는 진동도 자주 들려왔다. 집 전체가 울릴 때마다 내 심장도 덩달아 쿵쿵 뛰었다.

가장 먼저 의심했던 건 윗집이었지만 층간 소음의 원인은 옆집이나 아랫집일 수도 있고, 심지어 대각선 건넛집인 경우도 있다고 했다. 혹시나 실수할까 싶어, 소리가 날 때마다 바깥으로 나가 불이 켜진 집을 헤아려보기도 하고, 옆집과 아랫집까지 현관문 가까이에서 소리를 들어보기까지 했다. 하지만 아무리 생각해도 윗집 말고는 짐작 가는 곳이 없었다.

결국 새벽 두 시까지 잠을 이루지 못하던 어느 날, 용기를 내어 윗집 벨을 눌렀다. 알고보니 쓱쓱거리는 소리는 매일 늦은 밤까지 솔로 화장실 구석구석을 긁어 닦는 소리였고, 쿵쿵거리는 진동은 발뒤꿈치로 바닥을 찍으며 걷는 일명 '발망치'였다. 이후 간곡히 부탁도 드려보고 슬리퍼를 사서 선물해보기도 했지만, 달라진 건 없었다. 결국 절이 싫으면 떠나야 하는 건 줄이었다. 층간 소음으로 부터 해방될 수 있었던 건 정들었던 신혼집을 떠나 여덟 번째 집으로 옮기고 나서였다.

일곱 번째 집은 애초에 층간 소음에 매우 취약한 구조 였다. 우선 일반 건물들처럼 기둥과 보를 타고 하중이 전달되는 라멘조Rahmen Structure가 아닌, 모든 벽체가 하 중을 분담하는 벽식 구조였다. 즉, 하중뿐만 아니라 소 리나 진동도 벽을 타고 주변 집으로 쉽게 이동될 수 있 었다.

게다가 평수가 작은 것도 한몫했다. 방이 많고 큰 집에서 는 아래윗집의 동선이 겹칠 확률이 상대적으로 적지만, 작은 집에서는 아래윗집이 서로 비슷한 영역에 있을 가 능성이 높았다. 한마디로 층간 소음을 피해 도망갈 구석 이 없다는 뜻이다.

층간 소음이 사회적 문제로 대두되자, 요즘 지어지는 아 파트들은 벽식 구조 대신 라멘조로 짓는 추세다. 바닥 슬 래브 두께도 과거 13cm에서 21cm까지 강화되었고, 그 위로 일정 두께 이상의 완충재를 설치하도록 했다. 뿐만

　　　　　　　　　일곱번째 집 · 구축 아파트

아니라 공사를 마친 후에는 법에서 정한 소음·충격 테스트까지 통과해야 한다. 제도와 기술은 분명 나아졌다. 그러나 아파트라는 주거환경이 지속되는 한, 제도와 기술만으로 층간 소음이 완벽히 해결될 수 있을까 하는 질문은 여전히 남는다.

'우리 집 바닥은 다른 집의 천장입니다.'

요즘 아파트 엘리베이터마다 붙어 있는 문구다. 결국 아파트에서의 삶은 천장을 사이에 두고 살아가는 낯선 이웃과 어떻게 관계 맺을 것인가의 문제다. 층간 소음은 단순한 소리가 아니라, 우리가 서로를 얼마나 배려하며 살아갈 수 있는지를 묻는 질문이었다.

여백과 이야기가 빠진 편리함

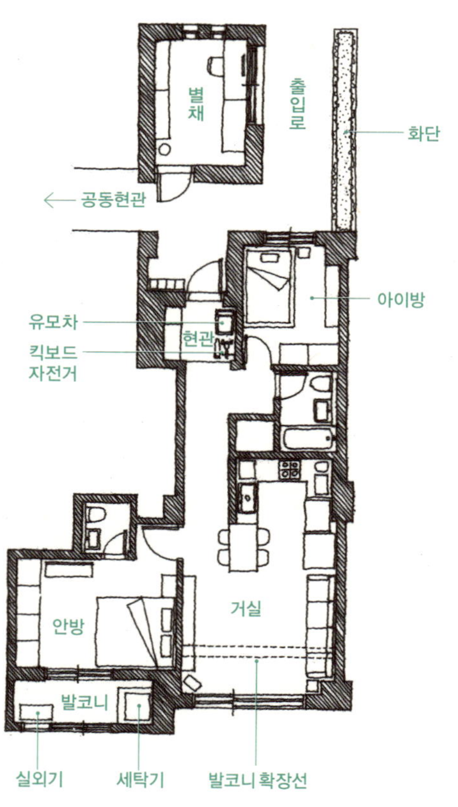

별채
출입로
화단
공동현관
유모차
킥보드
자전거
현관
아이방
안방
거실
발코니
실외기
세탁기
발코니 확장선
N
0
1
2
5m

신도시 키즈와 도시의 미래

여덟 번째 집은 서울 끝자락에 그린벨트를 풀어 새롭게 조성한 신도시에 지어진 신축 아파트였다. 같은 서울 안에 있긴 했어도, 지금까지 경험해온 익숙한 동네들과는 정반대 편에 위치한 낯선 곳이었다. 양가 부모님 댁으로부터도 멀고 아는 이웃 한 명 없었지만 멀리 이사를 결심하게 된 제일 큰 이유는 막 불러오기 시작했던 아내의 배였다. 아이를 키우려면 조금이라도 더 큰 집이 필요했고, 깨끗하고 안전한 주변 환경도 중요해졌다. 아이가 생긴다는 건, 집의 선택을 넘어 삶의 방향성마저 바꾸어버리는 중대한 사건이었다.

지상 주차장이 있던 일곱 번째 집과 달리, 신도시의 아파트 단지에는 차가 다니지 않아 안전했고, 공원이나 놀이터 같은 시설들도 잘 배치되어 있었다. 도시가 들어서며 함께 계획된 도로는 보차분리가 잘 되어 있었으며, 언덕이 없어 걷거나 자전거를 타기에도 수월했다. 한쪽으로 마련된 상업 가로에는 마트, 병원, 학원 같은 각종 편의시설들이 알아서 입점하니 멀리까지 갈 필요도 없었다.

다만 편리성만이 삶의 전부는 분명 아니었다. 신도시에는 모든 것이 철저하게 계획되어 새롭게 만들어진 것들뿐이다. 그러다보니 오래된 동네에서 우연히 마주치게 되는 풍경이나 역사가 깃든 이야기 같은 건 기대하기 어려웠다. 일찍이 건축가 르 코르뷔지에가 '집이 살기 위한 기계'라고 했던 것에 비유하면, 신도시는 그 기계들을 수천, 수만 대나 늘어놓은 거대한 공장처럼 보였다.

그럼에도 불구하고 신도시는 놀라울 정도로 아이를 키우기에 좋았다. 실제로 주변에는 우리처럼 아이를 키우는 집이 많았다. 저출생으로 아이 울음소리 듣기 힘들다는데, 오히려 아이가 둘이거나 셋인 집도 흔했다. 인구 감소로 시내 초등학교들이 문을 닫는다는 뉴스도 신도시에선 먼 나라 이야기였다. 어린이집이나 유치원에 들어가려면 대기번호를 받아야 할 정도로 경쟁이 심했고, 초등학교는 교실이 부족해 컨테이너 임시 교실을 설치해야 할 정도였다.

심지어 인터넷에는 '신도시 아빠'라는 밈까지 있다. 신도시 아빠는 흔히 젊어 보이는 스냅백 모자를 쓰고, 마블 유니버스 캐릭터를 좋아하며, 가족을 위해 SUV 대신 카니발을 운전하는 전형적인 모습으로 묘사되곤 한다. 이는 곧 아이들을 키우기 위해 신도시를 선택한 아빠들의 모습을 함축적으로 담은 것이기도 했다.

삶을 영위하기 위한 기본적인 기능을 충족시키는 것 외에는, 신도시에서는 그 아무것도 충족할 수 없었다. 그래서 신도시의 삶은 아이러니하게도 의존적이다. 신도시 아빠들이 카시트에 아이들을 태우고 주말마다 교외로, 지방으로 떠나는 이유도 거기에 있을지 모른다.

신도시 아빠로 살아가며 얻은 삶의 편리함과 잃어버린 감정의 조각들은, 건축가인 나에게도 수많은 질문을 던진다. 우리는 신도시라는 공간에서 무엇을 얻었고, 또 무엇을 잃어버렸는가. 과연 신도시는 도시와 건축의 미래를 대표하는 이상적인 모습일까, 아니면 그저 현재의 필요에 의해 만들어진 일시적인 해결책에 불과한 걸까. 그리고 그런 공간을 물려받게 될 '신도시 키즈' 앞에서, 우리는 어떤 건축과 도시의 이야기들을 남겨줄 수 있을까.

1초 출근, 직주근접의 삶

별채

여덟 번째 집의 평면은 전형적이면서도 독특했다. 숫자상으로는 남쪽을 향해 거실과 화장실 딸린 안방이 2베이로 구성되어 있고, 반대편 북쪽으로 작은방 2개가 있는 판상형 아파트였다. 하지만 특이한 점은 1층 세대에 한하여 작은방 2개 중 하나가 현관문 바깥쪽에 따로 있다는 점이었다. 다시 말해, 한옥에서 뚝 떼어놓은 별채처럼, 현관 옆에 있어야 할 작은방 하나가 현관문 밖에 있다는 뜻이다.

현관문을 열고 나가 바깥을 지나 다시 문을 열고 들어가야 하는 불편함이 있었지만, 분명 난방도 들어오는 정식 방이었다. 게다가 독특한 구성 덕분에 다른 집들과 달리 공동현관을 거치지 않는 개별 현관문도 따로 있었다. 현관과 별채 사이의 공간을 지나 집으로 들어설 때면, 마치 단독주택의 작은 마당이나 포치 같은 아늑함을 느끼기도 했다. 어쩔 수 없이 선택하게 된 신도시와 아파트라는 삶에서, 집이라는 공간의 작은 변주는 불편함보다는 새로움으로 다가왔다.

사실 별채는 애초부터 '예술인' 입주자를 위한 일종의 작업실로 고안된 곳이었다. 그래서 천장도 일반 아파트보다 30cm 이상 높은 2.7m로 설계되었고, 창문도 조금 더 감각적인 디자인으로 되어 있었다. 집 안에서 사용할 수 있는 방 하나가 줄어든 대신, 완전히 다른 용도로 분리해 쓸 수 있는 특별한 방을 만든 실험적인 집이었다. 이름 모를 한 건축가의 파격적인 설계 덕분에 나는 생각지도 못했던 매력적인 공간을 얻게 되었다.

그 무렵, 나는 다니던 회사를 나와 독립을 하게 되었다. 건축사사무소의 일이라는 건, 어디서든 작은 책상 하나와 컴퓨터 한 대면 혼자서도 시작할 수 있는 것이었다. 말그대로 남는 방이었던 별채는 자연스럽게 나의 첫 사무실이 되었다. 아마존이나 구글 같은 세계적인 회사도 처

여덟번째 집 · 신축 아파트

음엔 집 앞 차고에서 시작했다고 하지 않던가. 비록 한 집이긴 했어도 물리적으로 구분되어 따로 떨어진 별채 덕분에, 나는 제법 그럴듯한 사무실을 얻은 기분마저 낼 수 있었다.

집 현관문에서 별채 사무실 문까지 출근 시간은 단 1초였다. 하루에도 몇 시간씩 대중교통으로 출퇴근하던 이전 삶에서는 상상조차 할 수 없었던 완벽한 직주근접의 삶이었다. 거리는 가까웠어도 나태해지지 않기 위해 의식적으로 행동했다. 출퇴근 시간을 칼같이 지키고, 점심시간과 화장실 갈 때 빼고는 집에서 멀리 떨어진 사무실에서 일하는 것처럼 행동했다.

퇴근하는 데에도 1초밖에 걸리지 않으니, 일을 마치자마자 더 많은 시간을 육아에 투자할 수 있었다. 갑자기 아이가 아프거나 예상치 못한 긴급 상황이 생겨도, 몸이 가까우니 아무런 부담 없이 편안한 마음으로 일에 집중할 수 있었다.

별채의 기운 덕분이었는지, 나는 얼마 지나지 않아 첫 설계 프로젝트를 계약하게 되었다. 곧 직원이 생김과 동시에 별채를 떠나 정식 사무실을 얻었다. 쓸모를 잃은 별채는 이후 몇 번의 변신을 거듭했다. 평소에는 취미나 운동 공간으로 쓰이다가, 비대면으로 학교 강의를 할 때면 작은 방송 스튜디오가 되기도 했다. 글을 쓸 때는 훌륭한 집필실 역할을 하기도 했는데, 지금 이 글도 별채에 홀로 앉아 쓰는 중이다.

별채는 아파트라는 천편일률적인 공간에서 쉽게 기대하기 힘든, 가능성이 허락되는 유일한 공간이었다. 단순히 더 큰 집, 더 많은 방이 있다고 좋은 것만은 아니라는 사실도 깨달았다. 때로는 완벽하지 않아 더 좋은 것도 있다. 그리고 하루가 다르게 아이가 커가는 요즘, 별채는 또 한 번의 변신을 준비하고 있다.

  여덟번째 집 · 신축 아파트

신발장에서 도킹스테이션까지

아이가 태어나면 집의 모든 것들이 작게만 느껴진다. 널찍하던 거실은 점점 늘어가는 책과 장난감, 미끄럼틀과 트램펄린 따위로 발 디딜 틈 없이 좁아지고, 주방도 이유식에 간식까지 매 끼니 챙기다보면, 식탁까지 다 써도 턱없이 자리가 부족하다. 주차장도 마찬가지다. 딱 붙은 옆차와의 비좁은 틈새로 아이를 넣어 카시트를 채우려면 한겨울에도 땀이 삐질삐질 흐른다. '거거익선巨巨益善'이라는 신조어처럼, 정말이지 조금이라도 더 컸으면, 넓었으면 하는 아쉬움이 매 순간 머리를 스친다.

의외로 가장 아쉬웠던 건 현관이었다. 사실 아이가 생기기 전까지는 신혼집에서도, 지금 집에서도 현관이 좁다고 생각해본 적이 별로 없었다. 더 정확히는 현관이라는 공간에 특별히 관심을 가져본 적도 없었다. 기껏해야 신발이나 우산 정도 놓는 공간이고, 집에 들고 나며 잠깐씩 지나가는 정도였다. 그마저도 여름에는 덥다고 얼른 나가버리고, 겨울엔 춥다고 빨리 문을 닫아버리던, 말 그대로 집의 자투리 공간이었다. 하지만 아이가 태어나면서 현관은 단순한 통과의 공간이 아니라 다양한 기능을 수용해야 하는 다목적 공간으로 진화하게 되었다.

맨 처음 시작은 유모차였다. 특히나 디럭스 유모차처럼 크고 접기도 힘든 물건은, 현관 말고는 딱히 둘 곳도 없었다. 안 그래도 좁은 현관의 절반을 차지해버리니, 신발을 신고 벗기도 불편할 정도가 되었다. 아이가 자라면서 장난감 자동차, 물놀이나 모래놀이 도구까지 늘어났다. 결국 현관은 온갖 물건의 임시 보관소가 되었고, 나중에는 현관인지 주차장인지 창고인지 헷갈릴 정도였다.

현관이 수용하지 못하는 물건들은 자연스럽게 문밖으로 밀려나갔다. 아이가 있는 집 아파트 현관 앞이나 복도에는 꼭 유모차, 킥보드, 자전거 중 한 가지가 나와 있다. 집을 넓게 쓰려고 일부러 밖에 내놓는 게 아니라, 이미 현

   여덟번째 집 · 신축 아파트

관 안쪽도 포화 상태이기 때문이다. 요즘 좋은 아파트에
는 지하 창고 같은 게 있어 넣어둘 수도 있겠지만, 아침마
다 킥보드와 자전거 사이에서 깊은 고민에 빠지는 아이
를 위해서라도 현관 가까이에 탈것들을 두는 편이 훨씬
현실적이었다.

동일한 면적 안에서 각 방과 공간들이 기능을 분할해야
하는 아파트에서, 현관의 우선순위는 자연스럽게 뒤로
밀린다. 하지만 원래 현관은 단순히 신발을 벗고 들어가
는 공간이 아니다. 실내와 실외를 연결하는 전이적 공간
으로서 가능성은 무궁무진하다. 최근 들어 아파트 설계
에서도 현관의 활용을 다르게 보기 시작했다. 예를 들어,
벽을 없애고 방과 연결된 열린 공간으로 활용하거나, 택
배를 쉽게 받고 보관할 수 있는 별도의 입구를 두는 아이
디어까지 등장했다.

환경오염과 기후변화가 심해진 요즘에는 그 역할이 더욱
중요해진다. 실제로 코로나 팬데믹을 겪으며, 한 건축가
는 아파트 현관을 리모델링해 손을 먼저 씻고 안으로 들
어갈 수 있는 작은 세면대를 제안하기도 했다. 미세먼지
와 대기오염이 더 심해지면, 아예 공장 클린룸에 들어갈

때처럼 에어샤워 설비가 갖춰진 아파트 현관이 등장할 수도 있다. 훗날 배달 라이더들이 드론이나 작은 로봇으로 대체되면, 그것들을 위한 도킹스테이션이 현관에 생겨야 하는 날이 올지도 모른다.

현관은 이제 단순한 통로가 아니라 가족의 생활 방식과 시대의 변화를 담아내는 유연한 공간으로 진화하고 있다. 1인 가구의 확산, 은둔형 외톨이, 사회적 고립과 같이 개인과 사회의 거리가 점점 멀어지는 지금, 집 안과 집 밖을 이어주는 현관의 새로운 가능성이 그 어느 때보다 절실하다.

아파트에 발코니를 허하라

발코니

아파트는 필연적으로 그 시대의 가장 보편적인 삶을 닮는다. 초창기 아파트 평면에는 부엌 옆에 한 평 남짓한 식모방이 딸려 있기도 했고, 쓰레기 종량제 시행 이전에는 복도 한편에 더스트 슈트*가 있는 것이 당연했다. 시대가 변하면 아파트도 변한다. 구축이었던 일곱 번째 집과 신축이었던 여덟 번째 집 사이에는 무려 30년의 시간차가 있다. 그사이 아파트에는 사라진 것도 있었고, 새로 생겨난 것도 있었다.

사라진 것은 '발코니'였다. '베란다'라고도 불리는 이 공

* 공동주택에 설치하는 수직 쓰레기 투입구.

간은 건축물대장이나 등기부등본에 표시되지 않는 일명 '서비스 면적'으로, 건물 외부로 돌출된 부분을 뜻한다. 건축법에서는 이를 '건축물의 내부와 외부를 연결하는 완충공간으로, 전망이나 휴식을 목적으로 건축물 외벽에 접하여 부가적으로 설치되는 공간'이라고 정의한다. 즉, '베란다'는 아래층 지붕의 남는 공간을 활용한 것이므로 아파트에는 보통 '발코니'가 더 정확한 표현이다.

구축아파트였던 일곱 번째 집에는 커다란 발코니가 있었다. 당시 아파트들은 거실과 안방, 큰 평수라면 작은방까지 남향 전체에 발코니가 붙는 것이 일반적이었다. 안방 쪽 창은 턱이 허리춤 높이라 드나들 수 없었고, 출입은 주로 거실 미서기창을 통했다. 타일로 마감된 바닥은 물을 써도 되는 구조여서, 안방 쪽에는 세탁기를, 거실 쪽에는 화초를 두곤 했다. 요즘 젊은 부부들이 발코니를 루프탑 카페처럼 꾸미는 것도 이런 맥락의 연장일 것이다. 발코니는 용도가 명확하지 않았기에 오히려 다양한 해석과 개성이 담길 수 있었던 공간이었다.

하지만 '확장형 발코니'의 시대가 오면서 발코니는 확장된 것이 아니라 사실상 사라졌다. 연교차가 큰 우리나라

에서 실내도 실외도 아닌 발코니는 애초에 좀 애매한 공
간이었다. 그러다보니 많은 집들이 이를 불법 개조해 실
내로 쓰기 시작했고, 제도개선을 통해 아예 합법적으로
실내화한 것이다. 조금이라도 넓은 거실과 방을 위해 발
코니는 희생되었다.

요즘 아파트는 애초에 발코니 확장을 전제로 설계된다.
발코니였을 법한 면적을 처음부터 제외하고 평면을 짜는
방식이다. 그러다보니 발코니 확장을 하지 않으면 사실상
거주가 불가능한 기형적인 집들도 생겨났다. 모델하우스
바닥에 그어진 점선이 발코니의 흔적을 알려주는 전부
다. '확장형 발코니'라는 말은 곧 '발코니를 만들지 않아
도 그만큼은 무조건 면적에서 제외된다'는 뜻이 되었다.

'실외기실'은 요즘 발코니의 또 다른 이름이다. 여덟 번째
집 안방 작은 발코니 창문의 일부는 유리가 아닌 금속 루
버로 되어 있었는데, 그 앞으로 에어컨 실외기를 두기 위
해서였다. 과거 난간 밖으로 위태롭게 달려 있던 실외기
를 안전과 미관의 이유로 안으로 들여온 것이다. 그러나
실외에 두는 기계여서 '실외기'라 이름 붙인 물건을, 실내
에 두기 위해 '실외기실'을 만든다는 게 모순적이라는 사

실은, 한여름 그곳이 얼마나 뜨겁게 달궈지는지만 봐도
알 수 있다.

발코니는 1958년 종암아파트에 처음 등장했을 때만 해
도, '높은 건물에서 아래를 내려다보는 이국적 풍경'으로
동경의 대상이었다. 한때는 햇볕과 바람을 맞으며 화초
를 키우고 커피 한 잔을 즐기는 여유의 공간이었으나, 지
금은 세탁실, 실외기실, 대피공간과 같은 기능적인 최소
한의 목적만 남긴 채 명맥만 유지하고 있다.

코로나 팬데믹을 겪으며 우리는 잃어버린 발코니의 소중
함을 다시 깨달았다. 고층화되고 고립화된 주거환경 속
에서 발코니는 지상까지 내려가지 않아도 집 안에서 햇
볕과 바람을 누릴 수 있는 거의 유일한 통로다. 작은 발코
니 하나가 개인의 정원, 도시의 숨구멍이 될 수 있다. 친
환경과 기후위기의 대책은 멀리 있지 않다. 아파트에 발
코니를 다시 허하라.

가장 도시적인 삶에서 얻은 자연의 가르침

아이가 유치원에 들어갈 나이가 가까워지자 고민이 늘었다. 유행하는 '영어 유치원'이 아니더라도 공립, 사립, 놀이형, 학습형 등 선택지가 참 다양했다. 그중 가장 흥미로웠던 건 일명 '숲 유치원'이었다. 도시에서의 삶에 지친 아이들이 매일같이 숲에서 뛰어놀며 자연을 가까이할 수 있는 유치원으로 인기도 많은 편이라고 했다. 고민 끝에 결국 일반 유치원을 보내게 되었지만, 처음 알게 된 '숲 유치원'의 존재는 도시에서 아이를 키우고 있는 나에게도 많은 생각할 거리를 남겼다.

텃밭은 그런 도시생활에서 가까이할 수 있는 훌륭한 자연이다. 숲까지는 아니더라도 직접 두 손으로 흙을 만지고 식물을 키워볼 수 있다는 점은 아이들에게도 살아 있는 교육이었다. 여덟 번째 집에는 백 개가 조금 넘는 주민 공동 텃밭이 마련되어 있었다. 매년 신청자 중에서 제비뽑기로 분양을 했는데, 생각보다 경쟁이 치열했다. 아쉽게 떨어진 사람들은 입주자 카페 같은 곳에 양도를 바라며 긴 사연을 올릴 정도였다.

텃밭 한 칸은 가로 1m에 세로 1.5m 남짓, 반 평이 채 안 되는 크기였다. 도시농업으로 분양되는 텃밭이 보통 5평 규모인 것에 비해봐도 훨씬 작았다. 그럼에도 나 같은 초보 농부에게는 과분할 정도로 만만치 않은 규모였다. 이랑을 내보면 대여섯 줄, 한 줄에 다섯 개씩 상추 모종을 심어도 30포기나 된다. 적어 보이지만, 막상 길러보면 결코 만만치 않은 숫자라는 걸 금세 깨닫게 된다.

첫해에는 상추, 고추, 가지, 토마토 등 쉬운 작물을 위주로 심었다. 아이를 위해 시작한 텃밭이었지만 아직 걸음마도 떼기 전이라, 대부분의 일은 나 혼자서 했다. 열심히 공부해가며 비료를 뿌리고, 모종을 심고, 물을 준 덕분이었는지 생각보다 많은 양을 수확했다. 결국 다 먹지 못하고 이웃과 나눠야 할 정도였다.

 　　　　　　　　　　　　　　　여덟번째 집 · 신축 아파트

두 번째 해에는 구성을 조금 바꿔 수박과 호박도 심었다. 넝쿨 식물이라 난이도가 조금 있었지만 의외로 잘 자랐다. 아이도 제법 커서 매일같이 텃밭을 둘러보고, 스스로 물을 주는 것이 일상이 되었다. 작물을 키우는 것 자체도 즐거웠지만, 무엇보다 아이와 함께할 수 있는 일이 또 하나 생겼다는 사실이 더 좋았다.

세 번째 해인 올해는 고집이 세진 아이가 직접 모종을 고르겠다며 나섰다. 이제는 직접 이랑도 만들고 비료도 뿌리며 제법 일손에 보탬도 된다. 봄에는 루콜라나 유럽상추 같은 샐러드 채소를 수확해 식탁에 올렸고, 여름을 보내고 나서는 밭을 갈아엎어 가을무를 심는 이모작에도 도전했다. 요즘은 아이와 함께 매일 텃밭에 들러 무가 실하게 올라오는 모습을 보는 즐거움에 빠져 있다.

텃밭은 매일같이 반복되는 일상에 작은 위안도 되어주었다. 며칠 못 본 사이 훌쩍 자라 있는 줄기와 이파리들을 보며 시간의 흐름을 느꼈고, 열매의 수확 시기를 확인하며 계절의 변화를 알았다. 일하다가 스트레스로 가득한 날이면 집에 들어가기 전 텃밭에 먼저 들러 숨을 고르기도 했다. 멍하니 서서 흙과 식물을 바라보고 있으면 머리가 차분해지고 맑아지는 기분이 들었다.

고작 반 평 텃밭만으로도 인간은 많은 것을 배운다. 가장
도시적인 삶에서 얻은 자연의 가르침은 생각보다 가까운
곳에 있었다.

고민이 쌓인 꿈꾸는 삶의 출발점

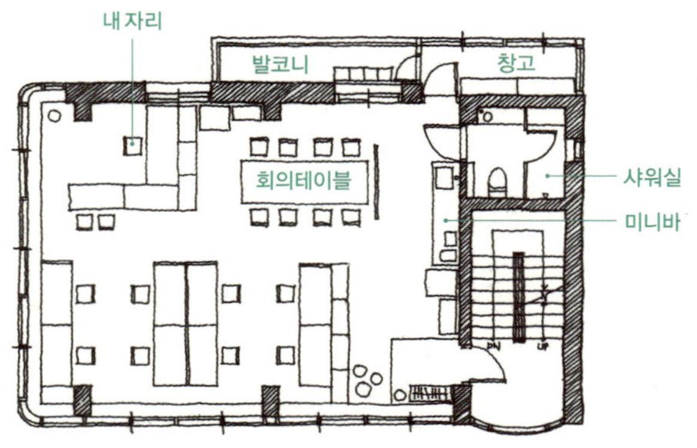

내 자리
발코니
창고
회의테이블
샤워실
미니바
0 1 2 5m

나를 지은 집에서 지어야 할 집으로

대한민국 직장인의 평균 근무시간[*]은 9시간 51분, 수면시간은 8시간 4분[**]이다. 사실상 깨어 있는 시간 대부분을 집보다 사무실에서 더 많이 보낸다는 뜻이다. 야근과 철야가 잦은 건축가들에게는 더욱 그랬다. 작업에 몰두하다 보면 사무실 한편에서 먹고 자는 일도 많았다. 새로 얻은 사무실은 곧 나의 아홉 번째 집과도 같았다.

그렇지만 사무실을 구하는 건 집을 구하는 일과 조금 달랐다. 집은 남에게 보여줄 필요가 없는 온전한 개인의 공

[*] 시프티, 「2025 직장인 출퇴근 및 근무시간 데이터 분석 결과」, 2025.
[**] 통계청, 「2024년 생활시간 조사결과」, 2024.

간이었지만, 사무실은 클라이언트도 만나고, 직원도 사용하는 나 혼자만이 아닌 남을 위한 공간이기도 했다. 게다가 한번 자리를 잡고나면 쉽게 옮기기도 어려울 테니, 동네를 고르는 것부터 더욱 신중해야만 했다.

흔히 사업하려면 명함에 '강남 주소'를 적어야 한다는 말도 있지만, 고층 빌딩 숲과 대로가 펼쳐진 도시보다는 작고 아기자기한 동네를 선호하는 건축가들도 제법 많은 편이다. 나 역시 이른바 '사람 냄새나는' 동네들을 먼저 알아봤지만, 짧게나마 경험해본 직주근접의 삶을 포기하기란 쉽지 않았다. 결국 아이를 돌봐야 한다는 현실적인 이유도 더해서 집에서 멀지 않은 한 오래된 동네로 마음을 굳혔다. 저렴한 임대료 덕분에 젊은 인구의 유입도 꾸준했고, 좁은 골목에는 작고 예쁜 카페나 음식점도 많았다. 젠트리피케이션의 파도가 아직 완전히 덮치지 않은 마지막 보루 같은 곳이었다.

동네를 정한 뒤에는 공간의 조건을 꼼꼼히 따졌다. 건축가에게 사무실은 단순한 업무 공간이 아니라 건축에 대한 생각과 태도가 드러나는 일종의 쇼룸이기 때문이다. 실제로 동료 건축가들의 사무실을 방문해보면 제각각 개성이 가득한 것을 확인할 수 있다. 내게도 오래전부터 마음속으로 생각했던 사무실의 조건들이 몇 가지가 있었다.

첫째, 이면도로에 있을 것. 큰길에서 한 골목 안쪽으로 들어가 늘 비슷한 밀도와 소음을 유지하는 곳이 필요했다. 고민과 생각이 많아야 하는 공간에서 길가의 풍경과 시간의 변화에 휩쓸리고 싶지 않았다.

둘째, 건물 2층일 것. 굳이 비싼 1층일 필요는 없었고, 그렇다고 고층도 원치 않았다. 낮은 계단을 한 번 올라가 닿는 2층이 적당했다. 창문을 열면 길가의 이웃들과 눈을 마주칠 수 있을 정도이자, 때로는 곧장 뛰쳐나가 바깥공기를 마실 수 있는 높이였으면 했다.

셋째, 바닥난방과 샤워실을 갖출 것. 건축가의 사무실은 집처럼 따뜻하고 편안해야 오래 버틸 수 있다. 특히 오래된 근생 건물은 단열이 약해 겨울에 몹시 춥다. 바닥난방은 건조하지 않으면서도 따뜻했고, 가끔 신발을 벗고 발을 올려두면 기분까지 좋아졌다. 또 급할 때 사용할 수 있는 샤워실도 있으면 금상첨화였다.

두 달 가까이 동네의 거의 모든 사무실을 다녀본 끝에, 조건에 딱 맞는 장소를 구했다. 지하철역에서 그리 멀지 않은 이면도로 2층에 위치한 곳이었다. 바닥난방과 샤워실은 직접 인테리어 공사를 하며 새로 만들었다. 모형 작업하며 스프레이를 뿌릴 수 있는 작은 발코니와 잡동사니를 넣어둘 창고까지 딸린, 요모조모 쓸모 또한 많은 공간이었다.

아홉 번째 집을 그토록 까다롭게 찾은 이유는, 이곳이 단순한 사무실이 아니라 내가 꿈꾸는 세상을 향한 출발점이기 때문이다. 나는 오늘도 이곳에서 또 다른 집들을 두 손으로 그려내고 있다.

손끝으로 경험하는 책과 공간

교정에는 얼마 전 내렸다는 폭설의 흔적이 그대로 남아 있었다. 다녀간 사람이 없었는지 발자국 하나 남아 있지 않은 새하얀 운동장은 적막하다 못해 스산함 마저 감돌았다. 이내 눈 위를 미끄러지듯 들어온 자동차에서 사람들이 하나둘 내리기 시작했다. 추위를 피하기 위해서였는지 몰라도, 다들 건물 안으로 빠르게 사라져버렸다. 하나같이 손에는 도면 뭉치와 카메라가 들려 있었다. 오래도록 난방을 하지 않은 건물 안은 바깥과 다를 바 없이 추웠다. 그럼에도 모두 이마에 땀이 맺히도록 구석구석을 살피느라 바빴다. 한 대학교 캠퍼스에서 있었던 '도서관 설계공모 현장설명회'에서의 일이다.

수년 전 학교 전체가 지방으로 옮겨가며 더 이상 사용하지 않게 된 교육관과 체육관 건물을 고쳐 시민들을 위한 공공 도서관으로 리모델링하는 일이었다. 각자 제출한 계획안 중 심사를 거쳐 최고의 안을 선정하는 '설계공모' 방식으로 진행되었고, 수많은 건축가가 관심을 보였다. 오랜 시간 다른 용도로 사용되던 기존 공간을 그대로 살리면서도 도서관의 미래를 담아내야 하는 어려운 과제였다. 그럼에도 백여 팀 가까이 참가 접수를 했고, 한 달 남짓 짧은 시간이 주어졌다. 나도 참가를 결심했다.

고민의 시작은 도서관이라는 공간의 본질을 들여다보는 것에서부터였다. 리모델링 대상인 두 건물 중 체육관에는 냉난방도 없이 커다란 통 공간에 농구코트만 휑하니 놓여 있었고, 그나마 교육관은 평범해 보였으나 층고가 무려 6m에 달했다. 애초에 전혀 다른 용도로 설계된 공간이었기에, 서고를 두고 책을 채운다고 해서 도서관이 되는 일은 결코 아니었다.

또 다른 고민은 시대성이었다. 독서는커녕 유튜브조차 보기 귀찮아, 이제는 수 초 내외의 쇼츠로 정보를 얻고 세상을 만나는 시대에 사는 우리이기 때문이다. 이런 환

　　　　　　　　　　　　　　　　아홉번째 집 • 사무소

경에서 책이라는 물리적 실체를 마주하는 도서관은 어떤 공간이어야 하는 걸까. 그럼에도 불구하고 도서관을 찾는 이는 누구이고, 왜일까. 최근의 뉴트로Newtro 열풍처럼 과거나 아날로그에 대한 향수 때문이라고 이해하기에는 뭔가 부족했다. 결국 기꺼이 이곳을 찾아온 사람들에게, 그들이 원하고 경험하고 싶은 책이 있는 공간의 모습을 생각해내야만 했다. 그렇게 치열한 고민 끝에 도서관의 미래를 담는 두 개의 키워드를 선정하고 계획안을 완성했다.

첫 번째는 '책을 손으로 만질 수 있는 공간'이다. 이 시대를 대표하는 MZ세대의 소비란, 백화점을 찾아 옷을 입어보고 서점에 들러 책을 손에 쥐어본 후에, 온라인 최저가를 검색해 물건을 구매하는 방식으로 이루어진다. 시각적 정보는 온라인에서도 넘치도록 얻을 수 있지만 촉각적 경험은 불가능하기 때문이다. 책도 마찬가지일 거라고 생각했다. 이북E-book이나 온라인 서점을 통해 그 내용이나 정보는 얻을 수 있지만, 종이의 질감, 무게감, 판형 같은, 손에 잡아서만 느낄 수 있는 감각을 원하는 사람들이야말로 이내 도서관을 찾아오고야 마는 것이다. 모든 책을 직접 손끝으로 훑으며 만질 수 있게 하는 것이 역설적으로 이 시대의 도서관이 제공해야 할 가장 중요한 경험이라고 판단했다.

'책의 길'은 어린이 도서관으로 사용될 교육관의 중정을 따라 연속적으로 이어지는 거대한 경사로다. 6m나 되는 층고를 높은 서고로 채우면, 사람 손이 닿지 않는 책들만 많아지게 된다. 실제로도 세계적인 건축가가 설계한 유명한 도서관에서조차, 서가 높은 곳에는 단지 시각적 효과만을 위해 장식용 책을 두거나 아예 표지만 인쇄해두는 일도 있었다. 분명 책에도 이용자에게도 폭력적인 처사였다. 심지어 도서관의 새 주인이 될 어린이들은 성인보다 키가 작기에 더욱 위압적으로 느껴질 것이다. 요구된 장서량을 충족시키는 높은 서고를 세우는 대신, 그 옆으로 경사진 '책의 길'을 가까이 붙여 모든 높이의 책들에 직접 손이 닿을 수 있도록 했다. 아이들이 경사로를 따라 천천히 걸으며, 모든 책을 직접 손으로 느끼고 만지며, 원하는 책을 언제든 쉽게 꺼내어 햇빛 잘 드는 창가로 가져가 읽을 수 있도록 하고 싶었다.

두 번째는 '책을 한눈에 찾을 수 있는 공간'이다. 온라인의 정보들을 연결하는 방식인 하이퍼링크Hyperlink는 페

　　　　　　　　　　아홉번째 집 · 사무소

이지 단위로 분절되고 끊어지는 불연속적인 특성을 가진다. 하지만 실제 수십만 권의 책이 있는 오프라인 공간의 도서관에서조차, 우리는 온라인과 같은 방식으로 검색 데스크에서 서가의 위치를 찾는다. 마치 지하철만 타고 다니면 도시 전체의 생김을 알기 어려운 것처럼, 우리는 실제 책을 앞에 놓고도 이를 직관적으로 찾아가거나 그 과정에서 우연히 다른 정보들을 마주치길 기대하기 어렵다. 굳이 도서관이라는 장소에서 책을 찾아봐야 할 이유가 없는 것이다.

'북 스탠드'는 과거 체육관의 계단식 관람석 공간을 확장해 만든 계단식 서가다. 도서관의 입구를 향해 한 단씩 낮아지며 체육관 바닥까지 연장되는 거대한 서고 앞에서, 사람들은 원하는 책의 위치를 단번에 알아차릴 수 있다. 계단식 서고의 또 다른 장점은 서고 사이를 지날 때에도 한쪽으로 낮은 서고 덕분에 다음 서고, 혹은 열람공간을 바라보는 시야가 확보된다는 점이다. '북 스탠드'를 거닐며, 사람들은 온라인에서 결코 할 수 없었던 연속적인 정보 검색의 방식과 경험을 향유하게 된다. 그리고 책을 찾아가는 다양한 경로의 선택지들 속에서 또 다른 정보와의 우연한 조우를 경험하고 즐기길 바랐다.

1, 2차에 걸친 치열한 사전검토와 공개 발표심사 끝에 최종 설계자로 당선된 팀은 아쉽게도 우리가 아니었다. 그래도 마음이 쓰리지만은 않은 건, 최종 당선작의 많은 부분이 우리가 생각했던 공간들과 생각들을 닮아서였을까. 부디 계획대로 끝까지 잘 만들어져, 이 시대에 책을 사랑하고 도서관을 찾는 이들에게 공간적 갈증을 시원스레 해소해주는 멋진 장소가 되길 바란다.

* 위의 글은 매거진 〈어반라이크〉 Vol.46(2023.8)에 「도서관의 본질」이라는 제목으로 기고한 글이다.

터널을 닮은 건축

대지는 광진교 남단에 위치한 사다리꼴 형상의 땅으로, 오랜 시간 개발되지 못하고 나대지로 방치되었던 곳이었다. '공구거리'라 이름 붙은 앞길의 풍경은 다소 번잡했지만, 건물이 올라가면 분명 멀리 아차산을 배경으로 한강 물의 들고나는 풍경이 그림처럼 바라보일 게 분명했다.

전면도로와 3.6m 단차를 가진 이면도로는 별도로 땅을 더 파지 않고도 지하 주차장으로 쓰이기 용이한 구조였다. 이곳에 사옥을 짓기로 결심한 클라이언트는 지형을 그대로 활용하여, 공사비용과 기간을 최대한 줄여 빠른 시간 내 입주를 희망했다. 평면적으로는 법규와 경제적 논리가 많은 것을 결정할 수밖에 없기에, 입면과 재료적 표현에서 더 많은 고민을 필요로 했던 프로젝트였다.

클라이언트는 TBMTunnel Boring Machine을 이용한 지하터널 및 전력구 공사를 주력으로 하는 국내 굴지의 토목건설사다. 현재 사용 중인 사옥 역시 10여 년 전에 직접 지은 건물이지만, 회사의 고유한 가치를 담기에 조금은 평범해 보였다. 회사가 성장세에 있는 터라 규모가 커지면 언제든 매각하고 다른 사옥을 얻을 요량이라고 했다.

사용주체와 목적이 제법 분명한 건물임에도 추후 다른 용도로 사용될 수 있는 범용성까지 고민해야 했다. 그럼에도 회사의 고유한 가치만큼은 건축에 꼭 담겼으면 좋겠다고 생각했다. 클라이언트의 요구라기보다는, 한 분야에서 오랜 시간 독자적인 입지를 다져온 한 기업의 격에 맞는 집을 지어주고 싶은 건축가의 순전한 욕심이었다.

'콘크리트 라이닝Concrete Lining'은 터널 공사 시 가장 안쪽에 시공되는 콘크리트 구조물을 일컫는 용어다. 일정한 두께로 매끈한 곡면을 형성하는 콘크리트 부재는 그 자체로 터널의 구조이자 마감이고, 곧 내부 공간을 규정하는 유일하고도 고유한 매개체다. 나는 설계 과정 중 자진

0 1 2   5   10m

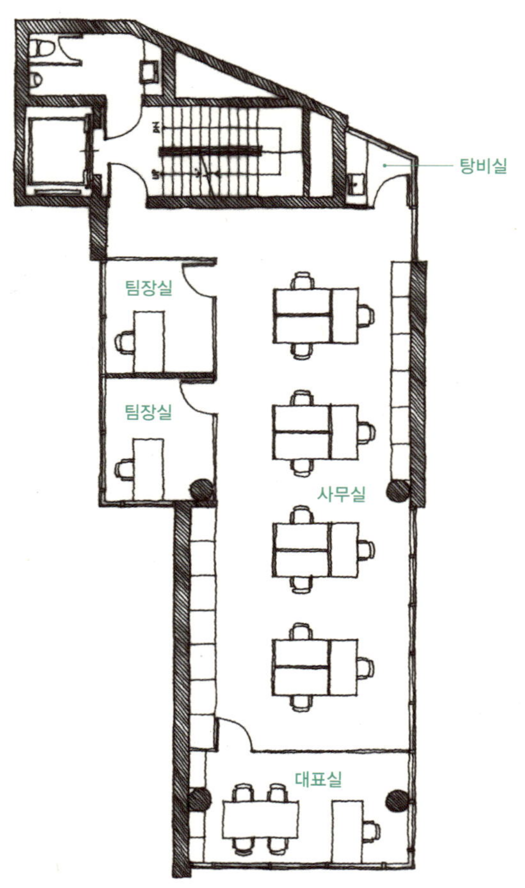
탕비실
팀장실
팀장실
사무실
대표실

하여 지하 터널공사 현장들까지 답사해가며 클라이언트와 그 회사에 대해 공부했다. 그러고는 곧 콘크리트 라이닝의 매력에 매료되어, 이를 사옥의 건축으로 담아내고자 결심하기에 이르렀다.

대지에서 솟아오르듯 시작되는 450mm 두께의 노출콘크리트 구조체는 바닥, 벽, 천장을 넘나들며 전 층의 모든 공간을 아울러 규정한다. 이러한 행태는 건물의 측면에서 그대로 노출되어 마치 터널의 단면을 보는 듯한 착각마저 불러일으키며, 그 자체로 회사의 정체성에 대한 상징이자 다른 건물들과 차별화하는 디자인이며, 건축의 공간 구성원리를 솔직하게 드러내는 수단이 된다.

지하 1층은 이면도로에서 접근하는 주차장, 1층은 대로변에서 접근하는 카페, 2층은 전시공간, 3층에서 6층은 사무공간 및 회의공간이다. 콘크리트 라이닝은 층별로 달라지는 용도에 따라 남북으로 방향을 바꿔가며, 자연스럽게 향, 조망, 일사 등을 조절하는 역할 또한 수행한다. 대지형상에 따라 평면폭이 변화하는 부분에서는 라이닝의 방향을 반대로 하는 것만으로도 내부공간과 입면의 다양성을 연출하게 된다.

단순한 개념이지만 실제 구현을 위해서 무량판 구조, 포스트텐션 공법,[*] 갱폼거푸집 벽체,[**] 철골철근콘크리트 기둥, 노출콘크리트 마감 등 다양한 기술적 수단들이 동원되었다. 실내공간 또한 천장면에 각종 설비와 조명을 노출하여 건축 개념에 부합하도록 설계되었다.

새 사옥으로 입주하며 30주년을 맞은 클라이언트의 회사는 사명을 바꾸고, 새로운 한 세대를 기약했다. 회사의 가치를 담은 특별한 공간에서 부디 좋은 기억들이 많이 담기길 바라본다.

---

[*] 보를 형성하지 않고 평평한 슬래브와 기둥으로 지탱되는 구조.
[**] 슬래브에 미리 삽입된 강선을 타설후 인장하는 공법.
[***] 금속으로 주문제작한 대형 거푸집을 인양하여 연속 타설하는 공법.
[****] 위의 글은 월간 〈건축사〉 Vol.669(2025.1)에 기고한 글이다.

아홉번째 집 · 사무소

'숲'과 '멍' 사이의 '집'

'유모차보다 '개모차'가 더 팔렸네' -〈조선일보〉, 2023. 12. 26.

지난 2023년, 한 일간지에 실린 흥미로운 소식이 화제를 모았다. 대한민국 역사상 처음으로 '개모차(반려견 유모차)'가 유모차 판매량을 앞지른 것이다. 바야흐로 '반려동물 양육 인구 1,500만 명 시대'를 맞아 변화한 사회상을 보여주는 상징적인 뉴스였다.

그 흐름에 발맞춰 숙박업계 역시 빠르게 변화하고 있다. 숙박 예약 플랫폼 '스테이폴리오'는 검색조건에 '반려동물 동반 가능' 버튼을 추가했고, 반려견을 위한 전용 침대와 의자는 물론, 반려견 조식까지 별도로 챙겨주는 숙

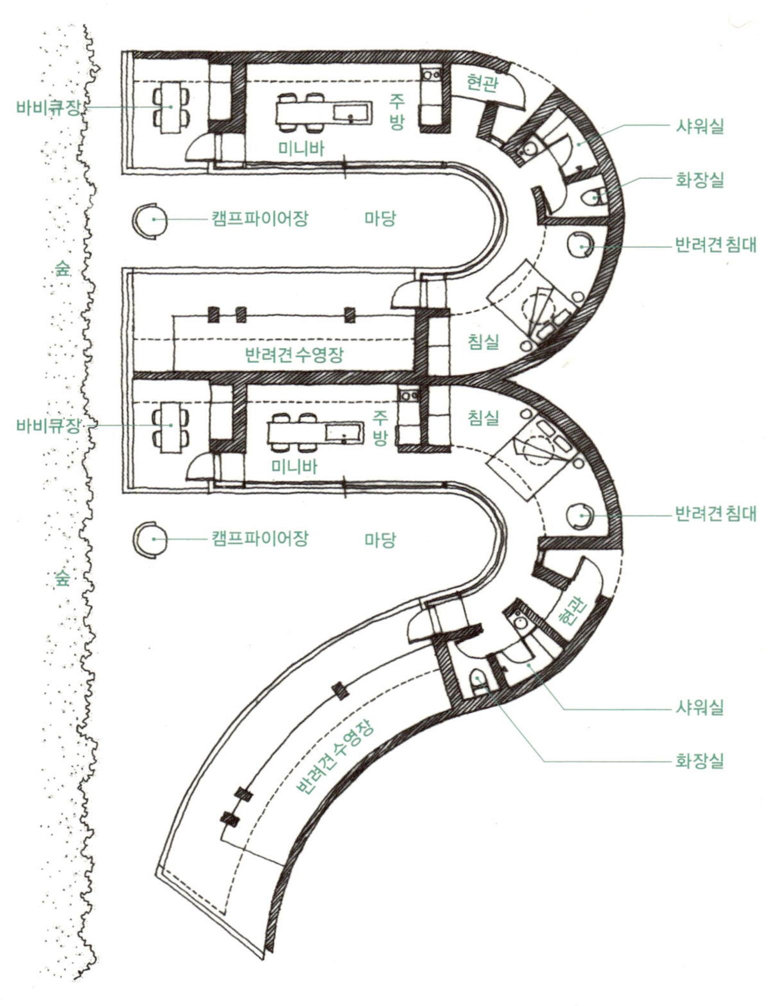

바비큐장
숲
캠프파이어장
마당
미니바
주방
현관
샤워실
화장실
반려견 침대
침실
반려견 수영장
바비큐장
숲
캠프파이어장
마당
미니바
주방
침실
반려견 침대
현관
반려견 수영장
샤워실
화장실
N
0 1 2 5m

소까지 생겨나고 있다. 이러한 시대적 흐름을 읽은 클라이언트는 강화도에 반려견 전용 스테이*를 짓기로 결심하고 나를 찾아왔다. 그의 요구사항은 명확했다.

"외국인들도 반려견과 함께 비행기를 타고 올 만큼 고급스럽고 특별한 공간, 그리고 사계절 이용 가능한 반려견 야외수영장이 있는 스테이를 설계해주세요."

나 역시 반려견을 10년 넘게 키워온 사람으로서, 클라이언트의 제안은 '제약'이라기보단 상상력을 자극하는 달콤한 '유혹'처럼 들렸다. 게다가 디자인에 있어서는 전적으로 건축가의 의견을 따르겠다고 했다. 나는 클라이언트의 요구사항을 단순히 실행에 옮기는 것을 넘어, 나의 기억과 경험을 더해 특별한 공간을 설계하고자 마음먹었다.

숲

전망이 좋은 숙소는 항상 인기가 좋다. 하지만 막상 숙소에 도착해 감탄하며 창밖 풍경을 즐긴 후에는, 이내 옷을

---

* 집주인이 단독주택을 이용해 숙박을 제공하는 유형의 숙소. 펜션이나 민박과 비슷하지만, 그보다는 고급스럽거나 특별한 숙소라는 뜻으로 통용된다.

갈아입기 위해 커튼을 닫아버리기 일쑤다. 심지어는 숙소를 떠나는 순간까지 커튼을 다시 열지 않았던 적도 개인적으로 몇 번 있었다. 비싼 돈을 지불한 이유는 오로지 바깥 풍경을 즐기기 위함이었는데, 스스로 그 풍경을 가려버리는 상황은 대단히 모순적일 수밖에 없다. 이곳에서만큼은 들어가는 순간부터 나오는 마지막까지 풍경을 온전하게 누릴 수 있었으면 했다. 그러기 위해서는 별도의 장치 없이도 프라이버시를 지킬 수 있는 공간적 지혜가 필요했다.

다행히 대지 한쪽으로는 울창한 숲이 있었다. 숲을 향해서 모든 창문을 열고 반대 방향으로는 개구부를 두지 않도록 공간을 구성하여, 풍경을 보면서도 프라이버시를 확보할 수 있도록 했다. 게다가 이곳은 반려견과 함께하는 공간인 만큼, 소음 문제에서도 주변 마을이 아닌 숲쪽으로 열린 구조가 이웃과 공존하는 방법이라고 판단했다. 모든 실내공간을 마당에 면하도록 하고 마당을 숲으로 열어 확장함으로써, 작은 면적의 한계 또한 극복할 수 있었다.

멍

과거에 방문했던 한 애견 펜션에서의 경험이 떠올랐다. 겉보기에는 반려견 친화적인 공간이었지만 실제로는 반려견을 위한 설계가 전혀 되어 있지 않았다. 대지 한가운데 서양식으로 지어진 목조주택에는 문과 마당이 너무 많아, 풀어놓은 반려견이 어디에 있는지 알기가 어려웠다. 결국 저녁 준비를 할 무렵에는 안전을 위해 반려견을 묶어놓아야 했다. 반려견을 위해 찾아온 여행지에서 목줄을 사용하게 되는 바람에, 반려견에게 적잖이 미안했던 기억이 있다.

단순히 오염에 강한 벽지나 방수 바닥재를 사용하는 수준을 넘어, 반려견과 보호자가 안심하고 쉴 수 있는 공간이 절실했다. 그래서 이곳에서는 반려견도 자유롭게 뛰어놀고 보호자도 안심하고 쉴 수 있도록 집의 중심에 반려견 공간을 두고, 다른 모든 공간에서 항상 반려견이 바라보이도록 모든 공간을 조직하기로 했다.

집

스테이는 일반 주택과 달라서 사업성이 매우 중요하다. 설계에 앞서 사례조사를 진행하며, 국내 모든 반려견 동반 숙소들의 가격과 특성, 크기, 디자인 요소 등을 빠짐없이 조사했다. 개중에 몇 곳은 내가 직접 반려견을 데리고 숙박해보기도 했다.

클라이언트는 처음에 30평 규모 독채를 원했다. 하지만 나는 작은 집 두 채로 나누는 것을 제안했다. 큰 집과 작은 집으로 구분하면 반려견 크기에 따라 손님이 원하는 공간을 선택할 수 있는 여지가 생긴다. 수익성 측면에서도 더 유리했다. 특히나 요즘은 1인 가구로 지내며 반려견을 키우는 사람이 많다. 과도하게 큰 집보다는 반려견을 데리고 혼자 와도 적당한 작은 집이 오히려 매력적일 것이라는 판단이었다. 반려견을 키우는 친구끼리 한 집씩 빌려서 따로 또 같이 노는 즐거운 상상도 해봤다.

'숲멍집'은 내가 클라이언트에게 직접 제안한 이름이다. '숲'과 '집' 사이 '멍(반려견)'이 중심에 놓인 공간이라는 뜻이다. 반려견이 편히 쉴 수 있기에 사람도 '숲멍(숲을 보며 멍 때리다)'할 수 있는 집이라는 중의적인 의미도 담았다. 클라이언트는 이름을 듣고 또 한번 즐거워했다.

_* 위의 글은 월간 〈전원주택라이프〉 Vol.311(2025.2)에 기고한 글이다.

'불쾌한 골짜기'를 넘어서

인공지능의 집_리모델링

'불쾌한 골짜기Uncanny Valley'라는 말이 있다. 로봇이 인간을 어설프게 닮을수록 오히려 불쾌함이 증가하는 현상을 뜻하는 로봇공학 분야의 이론이다. '골짜기'라는 표현은 그래프의 X축을 인간과의 유사성Human Likeness, Y축을 호감도Familiarity로 놓았을 때, 인간과 근접한 구간에서 갑자기 호감도가 확 떨어지며 마치 골짜기처럼 보이는 것에서 비롯되었다. 요약하자면 인간은 인간을 어설프게 닮은 것을 아예 닮지 않은 것보다 더 싫어한다는 것이다.

건축과 접점이 없어보이는 이 표현이 다시 떠오른 건 한 클라이언트와의 미팅에서였다. 오래된 상가 건물을 리모델링하고 싶다며 나를 찾아온 그는 누구보다 의욕이 넘치는 사람이었다. 수십 장에 달하는 PPT에 자신의 생각들을 빼곡히 적어온 것에서 먼저 놀랐고, 예시로 담은 건축 사진 대부분이 '생성형 인공지능Generative AI'으로 만들어진 이미지라는 점에 다시 한번 놀랐다. 클라이언트는 건축을 전공하지 않았지만 인공지능의 도움을 적극적으로 활용하여, 아이디어를 '건축적 어휘'로 변환해낸 것이다. 나는 처음 겪어보는 새로운 방식의 대화에 당황스러움보다는 호기심이 앞서기 시작했다.

인공지능으로 생성된 건축 이미지들은 하나같이 멋있었다. 클라이언트가 사용한 '미드저니Midjourney'라는 프로그램은 원하는 건축의 느낌을 명령어 형태로 입력하면 그럴듯한 CG로 투시도나 조감도를 만들어준다. 건축 외에도 애니메이션 등 다양한 분야에서 활발하게 활용되고 있지만 한계점도 있다. 대표적으로 사람의 신체 부위 중 유독 손가락만 못 그리는 문제가 있었다. 인공지능은 몸이나 얼굴은 주름 하나까지 완벽하게 그려냈지만, 이상하리만큼 손가락의 개수나 마디의 형태를 자주 틀렸다. 때문에 그럴듯해 보이는 그림도, 손가락에서 느껴지는 '불쾌한 골짜기'를 통해 인공지능이 그렸는지 구별해낼 수 있었다.

클라이언트가 보여준 건축 이미지에도 비슷한 문제점이 여럿 있었다. 예를 들어 기둥이 생략되어 구조적으로 불가능한 형태나, 층고가 부족하게 그려져 실제 구현되기 어려운 공간 등의 문제였다. 비현실적으로 얇은 슬래브나 가는 멀리언*으로 인해, 실제보다 더 세련되어 보이는 점도 간과할 수 없었다. 자잘한 모순들이 모여 완성된 이미지는 얼핏 보면 꽤 그럴듯해 보여도, 분명 '불쾌한 골짜기'에 가까웠다. 내 입장에선 못내 불완전한 대화였지만, 클라이언트는 인공지능 덕분에 꽤 만족스럽게 자신의 생각을 전달한 듯 보였다. 이제 불쾌한 골짜기를 넘어 실현 가능한 건축을 만들어내는 것은 오롯이 나의 몫이었다.

'대유쾌 마운틴Habitable Mountain'은 마침내 인간의 마음에 드는 데 성공한 인공지능 이미지들을 통칭하는 신조어다. 호감도 그래프가 바닥을 치는 골짜기를 넘어, 마침내 산 꼭대기에 다다른 상황을 한 유머사이트에서 재치 있게 표현한 것이 유명세를 탔다. 몇몇 인공지능 분야의 전문가들은 이미 인공지능이 기술적으로 특이점에 도달했다고 한다. 이제 불쾌함을 넘어 인간의 호감을 얻는 것,

* 창문이나 패널을 수직으로 분할하고 지지하는 수직부재.

즉 '대유쾌 마운틴'에 도달하는 것이야말로 앞으로 인공
지능에게 주어진 최후의 과제일지도 모르겠다.

클라이언트는 최종 미팅에서 나의 설계안에 크게 만족했
다. 인공지능이 만들어낸 무수한 이미지들을 제치고, 마
침내 인간의 호감을 얻어낸 작은 승리의 순간이었다. 나
는 조심스럽게 이 프로젝트의 이름을 '대유쾌 마운틴'이
라고 붙이기로 마음먹었다.

* 위의 글은 〈서울건축사신문〉 Vol.407(2024. 9)의 「건축사의 시선」 코너에 기고
한 글이다.

 아홉번째 집 · 사무소

열번째 집을 기다리며

지난봄, 서울 북촌의 한 고즈넉한 한옥에서 열린 글쓰기
강연에 초청받았다. 평소 건축과 도시에 대한 강연은 많
이 해왔지만, 글쓰기를 주제로 한 자리는 처음이었다. 강
연자인 내가 주제를 정해 간단한 강연을 마친 뒤, 각자
자리로 흩어져 같은 주제로 한 시간 남짓 글을 쓰고 서로
발표하는 방식이었다. 마침 이 책을 쓰던 중이라 나는 '첫
번째 집'을 주제로 정했고, 나의 첫 번째 집에 대한 초고
를 공유하며 개인적인 이야기를 조금씩 꺼내놓았다.

사람들은 한옥 구석구석으로 흩어져 글을 쓰기 시작했
다. 누구에게나 집은 늘 곁에 있었지만 글쓰기의 대상으
로 생각해본 적은 드물었기에, 처음엔 다소 난색을 표했

　　　　　　　　　　　　　　　　　　　　　에필로그

다. 하지만 다시 모여 발표하는 자리에서 나는 깜짝 놀랐
다. 모두들 갑작스럽게 쓴 글임에도 놀라울 만큼 훌륭했
기 때문이다. 각자의 삶의 궤적과 기억의 조각들이 모여
만들어낸 글들은 그 자체로 서로에게 위안과 감동을 불
러일으켰다. 강연자였던 내가 오히려 더 큰 선물을 받은
듯했던 소중한 경험이었다.

건축가는 자기 집이 아니라 남이 사는 집을 설계하는 사
람이다. 남의 집을 그리려면 남의 삶을 공부해야 하고,
그 삶을 이해하려면 먼저 나의 삶을 이해해야 한다. 내
가 살았던 아홉 개의 집 속에는 우리 시대 거의 모든 종
류의 삶이 들어 있었다. 내가 살아온 집의 기억과 공간을
돌이켜보려 한 것은 과거에 머무르거나 사사로운 추억을
꺼내기 위함이 아니었다. 그것은 오히려 남의 삶을 더 깊
이 이해하고 공감하기 위한 가장 확실한 방법이었다.

건축가로서 데뷔작이 된 사옥을 설계할 때도 그랬다. 나
는 한 기업의 역사를 이해하고, 그곳에서 일하는 사람들
이 다루는 기술과 일상에 대한 깊은 공감을 바탕으로 이
를 공간으로 옮기고자 했다. 나는 사옥의 설계로 세계
3대 디자인상 중 하나인 '레드닷 디자인 어워드2025 Red

Dot Design Award'를 수상했다. 그 상은 단순한 성취의 증거가 아니라, 타인의 삶을 이해하고 공감하며 짓는 건축이 여전히 시대를 움직일 수 있다는 작은 증명이었다.

최근 들어 건축가의 직능은 빠르게 변하고 있다. AI를 필두로 한 4차 산업혁명의 거대한 물결 속에서, 창작하는 직업이야말로 오히려 가장 먼저 위협받고 있다. 그럼에도 불구하고 역설적으로, 실제와 가상의 구분이 희미해지는 시대에 모든 것이 사라져도, 끝내 남는 것은 '삶에 대한 기억'이다. 내가 살았던 집들도 일부는 사라졌지만 그 기억만은 남아 나를 지탱하고, 또 다른 미래의 집들을 상상하는 원동력이 되고 있다. 다른 이의 삶을 진정으로 이해하고 공감하며, 그 기억을 바탕으로 새로운 이야기를 써내려가는 일은 여전히 인간의 몫이다.

완벽하지 않은 집들이 만들어준 나만의 시선과 태도, 그리고 앞으로 마주칠 수많은 집과 삶에 대한 기대가 지금의 나를 만들었다. 이 책에 담긴 나의 집 이야기를 세상에 내놓는 일 또한, 다른 누군가의 집을 더 깊이 이해하고 그려낼 수 있는 나만의 토대가 되리라 믿는다. 결국 그 집은 나와 당신을 또다시 지어가게 될 것이기에. 이것이 바로 내가 이 시대에 건축가로 남고자 하는 이유다.

집의 기억, 개인적인 혹은 집단적인

전봉희(서울대 건축학과 교수)

내 기억 속 가장 먼 곳에 남아 있는 집은 초등학교 2학년 때까지 살았던 홍제동의 한옥이다.

삼 년 남짓의 짧은 기억이지만, 가장 선명하다. 겨울 아침 안마당에 소복이 쌓인 백설의 눈부심이나 여름날 장독대를 세차게 때리던 장대비의 소리도 그립지만, 새봄을 맞아 온 집의 문짝을 떼어내 겨우내 쌓인 먼지를 털고 물걸레질하던 대청소의 소란함은 더욱 아련하다. 지난가을 책갈피 속에 곱게 말린 단풍잎을 창호지 사이에 넣기도 하고, 창호지를 여러 번 겹쳐 접은 다음 모퉁이를 가위질하여 만든 마름모꼴의 연속무늬를 유리창에 덧붙이기도 하였다. 상급학교 진학을 위해 상경한 일가들은 대개 결혼해서야 집을 떠나니 한옥은 언제나 만 원이었고, 그러기에 대청소의 날에는 한 솥 가득 국수를 삶아도 모자라기 일쑤였다.

윗동네의 문화주택으로 이사한 것은 그해 겨울방학 때의 일이다. 겨울이어서인지 집 안은 어두컴컴하였고, 집은 더 넓어졌는데 방의 수는 오히려 줄었다. 현관을 들어서면 방들이 연속된 긴 복도가 있고, 그 끝에 마루와 안방이 여닫이문으로 구분되어 있었다. 주거사를 연구한다고 하면서 이 집이 미국식 주택이라는 것을 알게 된 것은 최근의 일이고, 오랫동안 우리는 이것을 일본 집으로 알고 있었다. 어른들은 무엇보다 마당이 넓어진 것을 좋아하였다. 뒷마당엔 조그만 텃밭을 꾸몄고 앞마당엔 겨우내 갈무리해둔 꽃씨를 모아 화단을 만들었다. 동요 가사에서처럼 채송화도 봉선화도 곱게 피고, 파란 나팔꽃이 어울리게 핀 것도 물론이다.

겨우 2년을 빨간 벽돌집에 살다가, 아버지는 그 자리에 새로 미니 2층 양옥을 짓기로 결정하셨다. 집 전체를 지면에서 1미터 남짓 들어올리고 그 아래 지하실을 두었는데, 이는 서울의 공비 침투 사건 이후 새로 생긴 방공호 설치 규정 때문이었다. 다시 마루가 집 가운데로 왔고, 각 방은 마루의 양옆과 뒤에 붙어 있었다. 계통으로만 본다면 한옥으로 다시 돌아온 것인데, 처음으로 우리는 이 집을 양옥이라고 불렀다. 아직 부엌에는 부뚜막이 있었지만, 수세식 변소가 집 안으로 들어오고 라디에이터가 놓이면서 마루는 거실이 되었다. 당시 유행하던 노래가 '저 푸른 초원 위에'로 시작하는 남진의 노래였다. 그림 같은 집을 짓고 사랑하는 우리 님과 한평생 살고 싶다는 70년대의 꿈은, 초가삼간 집을 짓고 양친 부모 모셔다가 천년만년 살겠다는 민요의 시대와 이렇게 결별하였다.

이후 대학에 진학하면서 신림동의 슬라브집으로 옮기고, 결혼을 하면서 비로소 작은 서민 아파트에 둥지를 튼 것은 윤수일의 '아파트'가 나오고도 근 10년이나 지난 80년대 말이다. 하지만 30대의 생활은 직장과 육아 핑계로 더욱 이동이 잦아, 유목민과 같이 이삼 년을 주기로 이사를 거듭하다보니, 그간 살아본 집만도 열 채가 넘는다. 신기한 것은, 아파트 이전의 집들은 모두 제각기 이름을 가진 독특한 주택 형식을 담고 있지만, 아파트는 단지 위치와 규모만으로 호칭된다는 점이다. 자연스럽게 집에 대한 기억도 공간이나 형태가 아닌, 주소를 매개로 하게 된다. 집에 대한 노래도 더 이상 나오지 않고 겨우 디제이덕의 리메이크만 나올 뿐이니, 아무도 없는 쓸쓸한 너의 아파트가 가족과 공동체가 함께하는 우리의 집으로 바뀔 날은 언제쯤 올 것인가. 집에 이름부터 붙이고 볼 일이다.

「집의 기억」, 〈대학신문〉, 2005. 5. 9.

젊은 건축가 이규빈이 쓴 〈나를 지은 아홉 개의 집〉을 읽고, 20년 전의 글을 다시 보았다. 저자는 나의 집이 아파트로 고정되기 시작한 80년대 후반에 태어났다. 그래서 이 글은 마치 나의 기억이 끝난 지점에서 시작하는 이어달리기와 같이 느껴졌다. 그리고선 새삼 역사가 얼마나 개별적인지, 기억이 얼마나 파편적인지를 깨닫는다. 아파트도 하나가 아니고, 단지 번호로만 기억되는 것은 나의 나태함 때문이었다. 우리 주변엔 아파트 말고도 많은 주택 유형이 계속 명멸하고 있었다. 단지 내가 경험하지 못한 것이고, 어느새 기성의 세대가 되어버린 내가 무심코 지나친 것뿐이었다.

이 글은 철저히 개인적 경험에 바탕을 두고 있지만, 개인적 차원을 넘어 동시대인들이 공유하는 도시 주택의 여러 모습을 세세하게 기록한 다큐멘터리와 같다. 그러면서 동시에 각각의 주택 유형에 대한 건축학적 해석을 담고 있는 연구서이기도 하고, 건축 설계를 전업으로 하는 건축가의 밝은 눈으로 본 주택론이기도 하다. 그래서 이 글을 읽다보면, 저절로 왜 우리의 집이 이런 모양으로 생기게 되었는지를 알게 되고, 집의 본질은 무엇일까를 생각하게 되고, 집에 담긴 우리의 소중한 삶의 기억이 되살아난다.

근대 건축의 아버지인 르 코르뷔지에는 건축을 '삶을 담는 기계'라고 선언하였다. 과연 그렇지만, 내가 더 소중하게 생각하는 것은 건축이 '기억을 담는 장치'라는 점이다. 과거의 어떤 일이나 사람을 떠올려보면 금방 알게 되듯이, 모든 기억은 구체적인 공간적 배경을 가지고 있다. 우리의 집이 소중한 것은 내가, 그리고 나의 가족이 이웃과 함께하였던 그 모든 시간을 담고 있기 때문이다. 시간은 늘 공간과 함께한다.

우리가 대학에 진학할 때는, 수학과 미술을 잘하면 건축과를 택하였다. 저자 역시 그런 줄은 이미 알고 있었는데,

이렇게 글까지 잘 쓴다. 건축가 되기가 참 어렵다.

나를 지은 아홉 개의 집

초판 1쇄 발행 | 2026년 1월 15일

지은이 이규빈
발행인 한명선

책임편집 김수경
제작총괄 박미실
디자인 모리스

주소 서울시 종로구 평창길 329(우편번호 03003)
문의전화 02-394-1037(편집) 02-394-1047(마케팅)
팩스 02-394-1029
전자우편 saeum98@hanmail.net
블로그 blog.naver.com/saeumpub
페이스북 facebook.com/saeumbooks
인스타그램 instagram.com/saeumbooks

발행처 (주)새움출판사
출판등록 1998년 8월 28일(제10-1633호)

ⓒ 이규빈, 2026
ISBN 979-11-7080-147-4 03810